路上的夜行（上）
NIGHT TRIP ON THE ROAD (Volume 1)

关宏志 著

人民交通出版社股份有限公司
China Communications Press Co., Ltd.

图书在版编目（CIP）数据

路上的夜行.上/关宏志著.—北京：人民交通出版社股份有限公司，2019.6
ISBN 978-7-114-15543-7

Ⅰ.①路… Ⅱ.①关… Ⅲ.①随笔–作品集–中国–当代 Ⅳ.①I267.1

中国版本图书馆CIP数据核字(2019)第094590号

路上的夜行（上）

著 作 者：	关宏志
责任编辑：	蒲晶境　李　晴
责任校对：	张　贺
责任印制：	张　凯
出版发行：	人民交通出版社股份有限公司
地　　址：	（100011）北京市朝阳区安定门外外馆斜街3号
网　　址：	http://www.ccpress.com.cn
销售电话：	（010）59757973
总 经 销：	人民交通出版社股份有限公司发行部
经　　销：	各地新华书店
排　　版：	北京楚泰文化传播有限公司
印　　刷：	北京市密东印刷有限公司
字　　数：	137千　开　本： 880×1230　1/32　印　张： 8
版　　次：	2019年6月　第1版
印　　次：	2019年6月　第1次印刷
书　　号：	ISBN 978-7-114-15543-7
定　　价：	45.00元

版权所有·侵权必究
（有印刷、装订质量问题的图书由本公司负责调换）

序
Preface

立德，立言！

    偶然的机会，得以拜读关宏志教授的《路上的夜行（上）》草稿。一书在手，受益匪浅，其所观、所思，深刻而又纯净。所建之言，精诚所至，至真至仁。

    关教授是国际交通界的知名教授，教书育人，桃李满天下。在教学与科研的同时，以自己在教育、科研、文化、工业等多方面的阅历，随时观察，内修自省，在国家建设、海内外教育、人才培养等方面都有很深刻与独到的见解，并以忘我之心、无为之态诉诸文字，虽不求功，于社会和国家其实是功德一件。

我本人半生海外，能有机会通过关教授的心路历程了解中国知识分子的赤子之心、士之精神，十分感激与欣慰。同时，以我海外二十几年的生活经验，对于关教授的观察与思考，我能有多处共鸣，也是实感荣幸。目前，海内外的交流很多，世界各国和中国都在互动中发展与前进。因此，各种思潮、观点也是纷繁多样。鉴于对关教授的观察与思考的欣赏与共鸣，以及所受之启发，特此推荐此书给我的朋友和社会大众。希望关教授这些灼见，能够给在路上夜行的人们一点温暖和光亮，从而沉静而又乐观地前行！

2019 年 4 月 11 日

序
Preface

  人生如旅，岁月如歌，旅其所行，歌其所兴，且歌且行！

  周末畅读关老师的《路上的夜行》，恰如与久未谋面的老友相约伊萨卡小镇，享受闲散舒适但又不乏鸿儒思辨的夏日周末午茶。人生大事小事、世间点点滴滴，于平实处叙事，于好奇处审美，于不经意间行文——这便是我读这本书时的感受，也是读关老师其他非学术作品时的感受。

  作为一名忠实的读者，从这些作品中，我读到的是现代生活中早已被嘈杂繁忙的工作生活剥夺的凝神遐思和难得放飞的精神图腾。好的作品，尤其是触及人们心灵纯真自留地的文艺、文学或音乐，流淌于作者行云流水的笔端，始于滋滋细腻的灵感，源于恰到好处的触动和捕捉。

　　这是我粉读关老师文集的感触，感触于他的灵感、他的思考、他的忧虑。在平淡的日子里，在或忙或闲的旅途中，有一双好奇的眼、一颗敏感的心，幸福与充实就是这么唾手可得。

　　衷心希望有更多读者能足够幸运地读到关老师的作品，并沿着他的足迹思绪，去寻找和享受本属于你的遐思与图腾。

　　祝你好运！

高怀珠
2019年初夏于伊萨卡

自序
Preface

夜行在回家的路上

出发的行程总是那么紧张，而我却越来越不喜欢为此慌慌忙忙了。

原本时间还很宽裕，可当地的同事坚持要把我送到车站、请我吃了晚饭才肯让我离去，实在是盛情难却。不过这样一来，原本还想享受一下工作之余的宁静，哪怕只有几分钟的时间，也成了一种奢望。事情往往就是如此，好客的东道主生怕没有尽到心意、生怕显得不周，于是精心安排了每一个细节。却之有失恭敬，但一套繁文缛节下来，凡事都变得匆匆忙忙。

草草用完晚餐，我们几乎是一路小跑着赶到了站台。此时，站台上近乎空无一人，高铁列车已经整装待发。踏着发车的铃声进入车厢，回首和送站的同事挥别，列车车门随之徐徐关闭。我拖着行李箱从车尾穿过一节又一节车厢，最终在车头的1号车厢找到了自己的座位，放好行李、坐了下来，一颗游荡了多日的心这才回到自己的躯壳当中，一阵安堵。

眺望窗外，这时我才意识到，我所乘坐的高铁列车，正朝着当年回家的方向，飞驰在那条久违的回家之路上。我的心一下子飞向那远去的时代……

1978年10月的一天，我孤身一人，手握大学录取通知书，扛着大包小包的行李，怀揣美好的憧憬、对未来的希望和些许惴惴不安，从家到大学报到。经过长时间的旅途颠簸，终于来到了这座举目无亲的城市。在火车站前广场的一个角落，我找到了学校接站的集结点，那里已经站着一位和我的状态颇为相似的青年。趋前一问，原来他是来自南京的和我一样前来报到的同学，巧合的是，我们报考的竟是同一个专业。我们彼此成了对方认识的第一位大学同学，友谊一直保持至今。

自从1978年10月的那一天起，每年我都要在这条回家之路上走一两次。我的第一次回家探亲，应该是在大学的第一个寒假，虽然我已经记不得当年具体的情形了，只记得那一次我的行囊里装了很多的书。本以为假期里可以有很多时间来阅读它们，但结果并非这样。毫无疑问，和后来的每一次一样，回家的路上总是充满了兴奋、期待和憧憬。

让我没有想到的是，这条路一走就是十四年。这些年在大学和家之间的往返，让我几乎熟悉了沿途的每一座车站、每一个隧道、每一个转弯、每一个陡坡和每一段路上车窗外的景物。回家的路，洒满了一个青年的喜悦、迷茫和惆怅。旅途中的人，也从开始的一个人，到后来有了两个人，再到后来变成了三个人。

这曾经是一条漫长而艰难的路。

那时候，购票回家是一项艰巨的任务。从学生的半价票，到后来的成人票、卧铺票，求人买票成了一种常态。每次回家，都意味着要在火车上熬上一整夜甚至一整天。车厢里永远是拥挤不堪，永远弥漫着烟草、食物和汗水的混合气味，永远伴随着车里车外的嘈杂声音，列车晚点更是家常便饭。

出行中的餐饮也是一个问题，到了后来，三个人的出行更是"兵马未动，粮草先行"，奶粉、尿布及路上的食物一样都不能少。

这些年里，作为出行者的我变了，除了身份的改变之外，我的工作和居住地也不再是这边的大学；铁路那一端的家变了，父母跟随我搬到了北京，探望父母不再需要长途奔波；老家变了，小城不再是火车需要停靠的一站；连接世界的方式变了，绿皮火车带着斑驳的衣裳退出了人们的视线，高速公路、飞机、高铁成了人们新的选择。

记不清最后一次是在何年何月了，这艰难而漫长的回家之路就在这个剧烈变化的世界中悄无声息地走远了。

这条昔日的回家之路，就在陇海线铁路上的郑州上街和西安之间，家在上街，大学在西安。

1993 年，我离开了西安的大学。粗粗算来，从那以后我便再也没有如此走过从西安到上街之路，转眼便已过去了二十六年。其中偶尔的西安之行，要么是走了其他路径，要么就是采用其他的交通方式。

一个偶然的原因，我必须在今晚从西安去往河南平顶山。考虑到工作的安排，最佳的选择就是先乘坐高铁列车到达洛阳，然后再乘汽车从洛阳去平顶山。这样，我便有了这次重走这条路的机会。虽然不是从头走到尾的重温旧梦，但这毕竟是二十六年来的第一次。然而，直到列车徐徐开动，我才意识到这一点。忙乱的生活，总是让人们忘记了自我，忘记了我是谁、我在哪里、我要往哪里去。

列车的一等车厢里,空间宽敞明亮,并排的另外一个座位空在那里。服务员推着小车,走到我面前查验了我的车票后,递给我一瓶水和一包小食品。随着她的离去,车厢里又恢复了宁静。放下刚才登车时的匆忙,我终于有时间、有心情眺望窗外,默默地任思绪飞翔。

　　翻天覆地的二十六年过去,车窗前,当年的那个青葱青年,如今已经两鬓染霜,从前那涌动在心中的澎湃激情,业已化作一池秋潭,偶尔暗流涌动,也只是在水面泛起微澜。车窗外的景致既熟悉又陌生,这让我感到有些茫然。熟悉,是因为和它们似曾相识于我所到过的城市;陌生,则是因为它们同我的记忆已相去甚远。

　　列车呼啸着驶入茫茫夜色,窗外的景物开始被夜幕笼罩,我的耳畔渐渐响起了 Pastorate 田园曲那略带感伤的小提琴声,我的心则伴随着乐曲飞翔在那昔日回家的路上。

关宏志

2019 年 4 月 16 日

目录
Contents

第一篇 / 001
会议间的短暂凝视

三九天里的暖流 / 003
如此逃离为哪般？ / 005
学生 YY / 009
会议间的短暂凝视 / 012
话说大学"特色" / 014
心中有张照片 / 016
未临界 / 018
诌议所谓订单式培养 / 020
戴老先生二三事 / 023
"是自己的脚不行" / 026
这是我的学生 / 028
做专家的本分，做人的本分 / 031
科技领域的"乞丐" / 033

谁能让学生们不再落泪 / 035
又是一年答辩时 / 037
考卷后的留言及其思考 / 040
又到一年离别时 / 042
没有超越就没有学术的进步 / 044
由职称评审引起的思考 / 049
理论建树与实践成就之间——关于学术批评的思考 / 052

第二篇 / 055
人在美途

人在美途——2012年美国旅行日记之一 / 057
美国（不）是天堂——2012年美国旅行日记之二 / 061
2012年春节的记忆——2012年美国旅行日记之三 / 066
不可没有的民族精神——《太平洋的奇迹》观后感 / 069
贵族之于社会进步 / 071

今天我的车限行 / 074

"零输豪"带给我们的自豪 / 078

当分子 / 080

世界在战马 / 082

那些留在记忆中的"表情" / 086

国在山河破 / 088

葫芦僧判葫芦案之处罚闯黄灯 / 091

暗流 / 095

请轻轻地行使你的权利 / 098

如果没有精神和思想的制高点 / 101

当代诡辩三部曲 / 103

马克思为什么是德国人? / 105

为什么中国人不喜欢打领带? / 108

关于张衡和哥白尼的思索 / 110

不能苟同 / 112

只立德,不立功 / 113

理性的民族和非理性的民族 / 114

做你面前人的朋友 / 116
那些看上去气势恢宏的背后 / 118

第三篇 / 121
超越现实的渴望

超越现实的渴望 / 123
集团利益优先 / 125
明哲保身 / 128
霸气外露 / 130
质疑他人的动机 / 132
人格分裂症 / 134
红酒兑苏打水 / 136
逃离苦难 / 139
非独立人格 / 141
家长拦路现象 / 143

因迟到引起的下跪 / 145

打群架 / 147

挤车现象 / 150

第四篇 / 153
回家的爸妈

病中絮语 / 155

回家的爸妈 / 159

双亲的幸福节约生活 / 162

半途停笔的感慨 / 166

生活的花絮 / 168

走着走着（外两篇）/ 170

戏剧般油画的命运 / 173

温雪 / 175

风中的日落时分 / 176

你们还都好吗？ / 178

老屋所感 / 180

静静的小花 / 185

被玻璃幕墙分隔的世界 / 187

生活在灵魂里的艺术（二则） / 189

今天是个好日子 / 191

这来去匆匆的京城雨 / 193

打保龄球的联想 / 195

2012年父亲节、母亲节 / 197

总有那么一天 / 199

2012年初夏的西安记忆 / 202

不爽的时尚 / 207

2012年仲夏的杭州 / 210

2012年同学聚会 / 214

豪雨一直在下 / 222

入住大连金石滩琐记 / 233

路上的夜行 ①
Night Trip on the Road (values) ②

第一篇

会议间的短暂凝视

厚厚的玻璃，把我和杨树分隔在了两个世界，并因而使我能够在这暖融融的房间里，从容不迫地眺望它、凝视它，思考它如何会这般不畏严寒，挺拔屹立。

三九天里的暖流

2012年1月8日

（一）暖心的学生

尽管是暖冬，在这三九天里，北京的气温还是降到了入冬以来的最低点。

此刻，阴沉了一夜的天空纷纷扬扬地下起了小雪，把院子里的地面和车顶都染成了白色。零零星星的小雪，尽管不那么酣畅淋漓，但也给干冷冬天里的人们带来了一丝丝期待。站在窗前，望着窗外那随时可能停下的落雪，心中还是升腾起一个愿望：再下得大一点吧！

突然想起有几个毕业的学生说好了今天要来看我。

"这雪，不会影响他们出行吧？"心中不禁为他们的行程担忧。

于是立即拿起电话给学生之一的H君打了过去。H君回电说，此刻他已经在路上了，刚才他也询问了其他同学，大家均在路上。

闻言，心稍安，静静地等待他们。

几乎全部是在约定的时间，HS 君、F 君和 P 君抵达了。而 H 君，因为道路突发事故导致堵塞，耽搁了大约半个小时。

元旦聚会那天，H 君几个人因为各自有事没能参加，而这几日又正值年底，大家都非常忙。但是当他们听说我身染微恙后，立即相互联络，约定了今天来看我。

因为身体原因，不便去外面的餐馆就餐，午餐就安排在了家里。算不上是丰盛的午餐，却让我和学生一起共度了一段美好的时光。尽管身体还不允许我久坐，但是，那暖融融的场景，让我暂时忘记了病痛。

（二）Y 君来访

正要吃午饭，突然电话响了起来，是已经毕业的学生 Y 君打过来的。他说那天听到我病了以后，一直想找个时间来看看我。

那恳切的问候，实在让我感动。

不一会儿，Y 君来到我家。

没有人要求他们来看我，但是，他们悉数来了。学生的来访，犹如一股暖流，冲破这三九天的严寒，直抵我的心田。

如此逃离为哪般？

2012年2月5日

春节期间去美国小转了一圈。要说此行留下的深刻印象之一，就是来回飞机上的那些中学生了。

碰巧的是，此行当中，一位朋友也带着他正在读高中的女儿和我们同行。中学生同行肯定不是为了参加学会的学术会议，其目的和飞机上遇到的其他中学生一样——探路，也就是实地看看美国。因此，从某种意义上来说，这些中学生中的部分人已经加入了准留学队伍，成了准留学生。

对于他们中的大部分人来说，留学，只是一个时间的问题。

昨天，一个事业上小有成就的朋友给我打来电话，一是问候新年，二是看我是否已经回国。谈着谈着，话题就延伸到了他儿子去美国留学的事情上。

原来,这位朋友有意把他的儿子尽早送去美国——"孩子在国内读书太辛苦。"此外,他认为尽早送儿子去美国,更容易让孩子融入美国社会。

可是,他儿子才刚读小学。

听了朋友的打算,我立即劝阻道:我不赞成这样,理由有几点。

- 孩子还小,成长的过程中不能没有家长的教育和陪伴。即便是孩子有妈妈陪读,男孩的教育中也不能缺少父亲这一角色。没有父亲时时处处的影响,对男孩的心理发育不利。

- 对于融入美国社会这一问题,要看怎么理解。在某一个层面融入其实很容易,但是,要高层次地融入,那便是几代人也未必能做到的。

- 你们的家庭不能这样天各一方。分离的副作用太大,我见过很多因此而破裂的家庭。

朋友听完我的话,若有所思,有意和我进一步交流。

放下电话,回想起此次赴美的感受,我陷入了沉思。

究竟是什么使得国人如此不惜代价,要送这么小的孩子出国留学?

中国近代送幼童出国留学的历史,大概可以追溯到1872年。历史记载,那一年的8月11日,清朝政府首次派遣留学生出洋。詹天佑、梁敦彦、黄开甲等人，就在这批留学生当中。

至今已经过去了整整一百四十年。和当年有所不同的是，留学的形式从官方派遣扩展到了民间自发，规模也从当年的三年内分四批共一百二十名，扩大到了今天的中国学童遍布世界各地，不计其数。

在经济大发展之后，大量国民出国留学，本来不值得大惊小怪。当年，美国人就曾大量涌入德国的大学，学习最先进的理论和技术。战后的日本人也曾大量涌入美国留学，并引起过日本有识之士的担心。但是，随着日本经济的发展和社会的进步，那些留学人员相继回国，逐渐建设起了一个不亚于留学地的家园。然而，这些国家并没有出现过如同我们当下这样的大量送未成年人出国进行以定居为目的的"留学"。和其他国家的留学情形相比，已经成为世界第二大经济体的我国的留学热潮，不能不引人思考。

遥想1872年，当时我们国家送幼童出国的目的，是培养国家的希望、民族的未来。而今天那些家长的动机，则是帮助他们逃离社会现实、逃离自己的家园。这个现象，反映出那些有能力送自己未成年孩子出国的人们对当下教育制度的逃避、对社会前景的担忧。而那些"有能力送自己未成年孩子出国的人们"，很多又是我们这个时代的社会精英。

　　从长远来看,这些孩子长大后遍布世界各地,或许对中国不无裨益。但是,我们绝对不能因此认为,如此大量的幼童被送出国读书是一个正常现象。

学生YY

2012年2月9日

赴美参加学术会议前夕，突然接到赴美留学的学生YY的一封邮件。信中说，听说我要去美国开会，她非常高兴，并期望能够在会上见到我。

好久没有YY的消息了，收到她的邮件，得知她和其他几位同学也将去参加此次会议，这预示着我又将见到他们了，心里不免充满了期待。

在国内上大学期间，YY一直是班里的佼佼者。好学生都有一个共同的特点——勤学好问，YY也不例外。在我的印象中，YY课后总是要跑上讲台问几个问题。她的问题并不一定十分深刻，但都表现出她不肯放过任何一个有疑问的地方。

YY上大学的时候，就可以看出她的志向高远，不满足于眼下学到的东西。大学毕业后，YY被免试推荐攻读硕士学位，师从学校里一位在美国工作的特聘教授。

记得YY在硕士研究生阶段，不惧挑战地选择了一个非常困难的、大家普遍认为费力不讨好的研究课题作为硕士论文的题目。YY做了最大努力，其研究的成果，也没有太出乎人们的意料。

在我看来，YY想做的不过是挑战一下自我罢了。至于研究的成果，就不那么重要了。

YY硕士毕业后，如愿去了美国继续深造。一转眼，已经三年了。

在华盛顿的会场，我见到了YY。

几年不见，YY已经出落成了大姑娘，看上去也更加风采照人、成熟稳重。短短的相聚，她告诉了我一些信息：

● 她结婚了。

● 今年她就要博士毕业了。这和她的那些师兄师姐相比，快了很多。

此番见面后，又接到了YY发来的邮件：

关老师，今天见到您好高兴啊！谢谢凤梨饼，很好吃 ^^

想念祖国：）

祝美国旅途愉快！龙年吉祥！

邮件中，还附有一个链接，是YY在美国结婚时的录像。

1月23日晚上，校友们欢聚在华盛顿的一家中餐馆。

就在我们结束晚餐准备起身离去时，YY走到我面前，递给了我两包膏药。因为，她那天听说我最近腰不太好。可以想象她听闻这一情况后，专程跑到药店买药的情形。

接过YY给我的药膏，我很是感动。

YY给我的药膏，在其后我在纽约的行程中，发挥了很大的作用。

谢谢，YY！

祝福你们，YY！

会议间的短暂凝视

2012年2月14日

从早上起,天空刮起了西北风。风卷残云,时而加厚、时而变薄的云彩无声地飞过天空。

会议中间休息,我离开喧闹的人群独自站在大大的落地窗前,静静眺望着远处的荒山。慢慢地,心中涌起一阵莫名的悲凉。

依稀可见远处的荒山上,朦朦胧胧地覆盖着光秃秃的灌木枝条,间或有一些桧树。由于整个冬天都没有雨雪,原本就没有多少绿色的植物枝叶显得灰蒙蒙的,让整个荒山显得了无生气,好像被滚滚红尘吞没了,陷入尘埃里放缓了呼吸。

大风中平地上的那些植物,也仿佛是为了躲避风的侵袭,都匍匐在了地上,像是待命出击的士兵,完全隐没了自我，一动不动。

　　然而，近在眼前傲然挺立于风中的杨树，却另有一种姿态。它们在风中奋力抵抗着，光秃秃的枝条直指天空，让人想起鲁迅笔下的那两棵枣树。厚厚的玻璃，把我和杨树分隔在了两个世界，并因而使我能够在这暖融融的房间里，从容不迫地眺望它、凝视它，思考它如何会这般不畏严寒，挺拔屹立。

话说大学"特色"

2012年2月20日

前几天,听了一场关于大学"特色"的报告。

看得出报告人的确做了精心的准备,又是查辞典,又是请教哲学家。演讲也算是慷慨激昂,如同行云流水一般。

为了对得起主讲人的一番苦心,我在那里洗耳恭听了将近两个小时。

不过,说实在的,如用好听一点的词来形容,主讲人犹如在做一套体操的"规定动作",通过教练的指导和自己的勤学苦练,"规定动作"做得说得过去。

真是难为他了。

想想看,一个原本有才华的人,穷尽一生都在勤学苦练"规定动作",而不知道做"自选动作"的话,岂不是也很可怜。

恐怕邓公做梦都没有想到,他的一句"中国特色",竟被一些后人解读成了放之四海而皆准的金科玉律,为此而用一辈子的时光来做"规定动作",怕是辜负了邓公真正的心意。

对于大学,已有无数的人来论述它。梅贻琦先生曾将四书中《大学》里的"大学之道,在明明德、在亲民、在止于至善"作为大学思想、理论的发端。这样说来,大学的"特色"恐怕也得从那里说起。

说起来,办大学好比酿陈酒。好酒也需要勾兑,但陈酿自有陈酿的勾兑方法,不是信手一来,便可以酿成美酒的。乱兑一气,一坛老酒也就此给毁了。如果知道了这个道理,还一定要继续这么干的话,那无非是荒唐的蛮干。

大学特色?

在我看来,大学只有本色。每一所大学的本色,都来自独立的精神、自由的思想和自我的语言体系。

心中有张照片

2012年2月28日

一直想拍一张照片

一张黑白的照片

画面是在交叉路口

人行道上

川流不息的人流当中

你巍巍站立

浅浅的景深

虚化了你的四周

慢慢的快门

让你身边的人流

如织如云

你凝视远方
在潮流中矗立
你斑白的两鬓
让人们看到往昔的风风雨雨
你微微的驼背
让人们看到你远道负笈

你
就是我的大学
走过数不尽的沧桑
在风雨中褪去光彩
在潮流中低下身躯

未临界

2012年2月29日

几个教授在讨论我们是否参加学科评估的事情。

从目前的情况来看,如果我们仅凭自己的力量参加学科评估,肯定是"以卵击石"。基于这个显而易见的理由,反对参加的意见占据了主导地位。

反对的原因,除了参加学科评估结果肯定很不好看之外,还有它可能影响到我们的招生和其他学术声誉。

但是,我持不同的意见。

在我看来,我们看似在"以卵击石",实则是在"精卫填海"。

首先,凭着我们自己的力量参加学科评估,说明了我们的决心和勇气。这种绝地反击的挑战态度,会给后人留下一些精神层面的东西。

其次，这是一个很好的比武机会。我们总以老大自居，到了这种最能显示自己学科水平的时候，就更应该检验一下自己的实力。

记得中学时代，我第一次参加市级运动会，看到一个个摩拳擦掌的对手，起初也有过惧怕，仿佛他们都长着三头六臂一般。可是，发令枪一响，比赛开始，对手的真正实力暴露无遗。他们并没有长出三头六臂，他们也会败在我们手下。因此，在这种情况下，不应该不战而屈。

另外，我们学科不仅是本校的一个学科，也是北京市的一个学科。我们的好坏，必定关系到学校、北京市的利益。学科不好，不只是我们的脸上无光，学院、学校的脸上也会无光。

最后，以弱者之心参与评估，也许会促使我们开启全新的改变和颠覆，齐心协力开创学科更好的未来。在这种精神的督促下，数年之后，"中原逐鹿"的胜者可能就是我们。

现在来看，此次评估的结果，失败是大概率的。但是，就像"精卫填海"那样，更重要的是从中找到失败的原因，在失败中探索成功的方法和路径。临界（核爆炸）并不可怕，可怕的是对临界的恐惧。

遗憾的是，至少今天，没有人讨论这些问题。

诌议所谓订单式培养

2012年3月25日

这一生,似乎一直都是在懵懵懂懂中赶路。

已经在职业生涯中走过了大半路程,某一天,突然听到了"人生设计"这个词,感觉很是新鲜。久久沉思之后,便有了真正的后悔——为什么没有早点听到这个词?为什么没有早点悟出其中的道理?

那种追悔莫及的感觉,就好比俗语说的:肠子都悔青了。

想想自己是这般懵懵懂懂的,可是,现在的年轻人果真都是在设计自己的人生吗?果真都是在按照设计好的人生向前走吗?

回头看看自己当年的同班同学,除了还在学校工作的以外,绝大部分都做着和自己大学专业关系不大的事情。再看看今天的大学毕业生，很多人一出校门就做起了和所学专业毫不相干的营生，即便是那些起初从事了相关工作的人，三五年后，也有相当一部分换了职业，甚至换了多次。

如果他们真有所谓的人生设计，不知道他们换了职业之后，是离设计好的人生更近了，还是更远了。

无论如何，频繁地更换工作，需要具备迅速适应新状态的本领。而我们的大学，是否教给他们这样的本领了呢？

当下，各个大学、专业都追求学生的就业率，教育部门更是把这个就业率当成了专业是否可以继续开设下去的考核指标。为了追求高就业率，大学的专业越来越专，面越来越窄。有些学校甚至提出了所谓的"订单式"培养的口号。

这种培养，表面上看起来很好，像人工栽培鲜花，花朵娇艳漂亮。但是，本质上，这是只注重学生的第一次就业，而忽略了对他们适应广阔社会和漫长人生的能力的培养。

在当下的社会风气里，花里胡哨的口号和提法背后，往往跟着一连串愚蠢的蛮行。"订单式"人才培养，是否也算是其中之一呢？

按照考核指标办教育，只能采用满足考核指标的短视培养办法，至于对学生整个人生的考虑，恐怕就在其次了。长此以往，将会严重影响学生的不断进步，甚至有碍于我们民族的发展。

把一个人装进模子里，按照这个模子打磨他、塑造他，让其在模子中度过一生，这种做法不但愚蠢，而且残忍。而一种贴近社会发展和自我人性的教育，不仅可以给学生一个谋生的饭碗，也会给他无限的发展可能。

戴老先生二三事

2012年4月12日

认识戴老先生，是一次参加973项目的评审会，老先生在台上汇报，我在台下做评委。说实在的，做过那么多的评委，听这样年纪的老先生亲自汇报，还是第一次。戴老一开口，就能让人感觉到一种不同于他人的风格和内容，尤其是当老先生讲到人才培养的时候，既赞扬了项目培养的年轻人的学术水平，也评价了他们的为人处世。戴老与众不同的格局和角度，使我印象深刻。从此，便拉开了我和戴老先生交往的序幕。

后来，陆陆续续地了解到更多关于戴老先生的事。戴老先生叫戴世强，是上海大学的终身教授……

（一）促膝长谈

得知戴老要参加一个在我校召开的会议，便想请戴老吃饭，以便向老先生请教。尽管戴老先生在此次会议中担任重要职务，尽管会议安排了丰盛的晚宴，尽管戴老先生也有众多的应酬，但是，老先生还是欣然接受了只有我们两个人的晚餐邀请。真让我感到不胜荣幸。

老先生喜欢吃鱼，于是，我们点了有鱼的晚餐，慢慢地吃、慢慢地交谈了起来。

同为大学教授，话题自然免不了对大学的认识、教书育人以及学术研究的时弊，等等。交谈中，老先生的睿智、勤思给了我许多启发，与此同时，我也就每一个话题谈了我的看法，并有很多和老先生的想法不谋而合。我们提到了有必要编写新时代的《弟子规》，探讨了应该怎样办大学以及应该如何做科研。

当老先生听到我对共同关心的话题的想法时，便问我："是否开了博客？"我踌躇了一下，给了他一个否定的回答。不过，我答应戴老，将会把我关于这些问题的思考记录发送给他。后来，我及时履行了和老先生的约定，老先生也将他的博客地址告诉了我。

那一夜，不仅对戴老有了更加深入的了解，更从戴老身上学到了许多东西。

（二）获赠图书

973项目开题会议上，戴老风尘仆仆地赶到了会场。一到会场，他就打开了行李箱，拿出他新近出版的书籍，分发给大家。

非常荣幸，我也获赠了戴老的新著《与青年朋友谈科技与学习方略》，戴老还在这本书的扉页上留下了他隽永的签名。

这本50多万字的著作，无疑是老先生人文思想的集中体现，也是老先生对这个时代在教书育人方面的又一贡献。

另外，戴老总是这样，对待学术项目，总是事必躬亲，每每亲自到场。

会后，戴老总是会说："我要去看师母（两弹元勋郭永怀先生的夫人）。"他还告诉我们，尽管郭夫人已经90多岁了，依然非常健康。戴老本人已经70多岁，但在说这些话的时候，那心态却和我们相差无几。

戴老先生几乎是仅有的如此年龄依然活跃在学术一线的教授了，从戴老身上，我看到了那一代人的精神、那一代人的缩影。

"是自己的脚不行"

2012年4月27日

这个学生毕业后,依旧经常和我联系,也常常来学校看我。

今天晚上,听他讲述了他的一段不平凡经历——步行去五台山。

(一)感觉自己很浮躁

去年夏天,学生突然感觉自己很浮躁。

博士学位也拿到了,博士后也出站了。突然感觉一下子找不到自己了。于是决定远足一次。找了一个驴友,目标是步行去五台山,感觉才四百多公里,肯定没有问题。

（二）是自己的脚不行

出发的第一天，学生还兴致勃勃，认为不会有什么问题。第二天就开始左脚疼，第三天又开始右脚疼，然后就是两只脚交替着疼。

起初，他以为脚疼是因为鞋不好，于是，每到一处的第一件事，就是买一双鞋。买了一双又一双新鞋后，穿上一试，依旧脚疼。

慢慢他才发现，不是鞋不好，而是自己的脚不行。

最后，感觉还是最初的那双鞋最好，而其他的鞋都在路上送人了。

（三）路要一步一步地走

路要一步一步地走，饭要一口一口地吃。

想投机取巧，想走捷径，到头来都是要吃亏的，都是要重新补上的。

这是我的学生

2012年5月7日

如果你有一个不花一分钱就可以落户北京的机会，同时，你还有一个不确定是否能获得北京户口的机会，你会做怎样的选择？

我的一个学生做出了她的选择。

事情还得从头说起。

（一）机会

前些年，国家为了解决学生就业的问题，出台了一项政策：凡是国家重大项目的负责人，可以使用科研经费雇用学生工作。这个被雇用的学生在雇用期满之后，就可以获得北京市户口。

这对一些学生来说，是一个几乎可以改变一生的机会。理解这一点的老师，也会努力为学生谋得这项福利。在上一个大的科研课题中，我就依靠这项政策解决了一个学生的落户问题。当然，我也很感谢这个学生为了课题的科研管理所做出的突出贡献。

今年，我又遇到了同样的问题，而且，我需要解决的是两位即将毕业的女同学的落户问题。因为苦苦找不到有北京市户口指标的工作，她们的眼光自然齐刷刷地聚焦在了这项政策上。

（二）不得不做出的选择

依照我的本意，无论多么困难，也要同时解决她们两个人落户北京的问题。于是，我向学校有关部门提出了申请。然而，尽管做出了巨大努力，但有关部门审查后认定，我只能雇用其中一人。

因为，最终要对科研经费做出审计的是国家，而不是学校的有关部门。

万般无奈，我只得对她们其中的一人 C 说了实情。C 对此非常理解，愉快地接受了我的安排。

而此间，她们二人没有一个为了自己而找我说情。

（三）这才是我的学生

今天要下班的时候，她们二人中的另一位 S 找到我，对我说了下面的情况：

"我本来早就想找您。

"我找到了一个单位的工作，他们答应帮我申请户口，但是说不能保证。

"我想，我和C毕竟师出同门，我不能既占着这个机会，又占着那个机会。我不能那样做人。

"所以，我想跟您说一声，想把这边的机会让给C。

"即使那边申请不到指标，我也不后悔。"

听到这些话，我觉得面前的这个小姑娘突然高大了起来。在这个或许可以改变一生命运的关头，她竟然如此爽快地做出了选择！

"首先，我非常欣赏你的选择……"这是我回答她的第一句话。

告别了S，走在去上课的路上，感到心头一阵欣喜、一阵宽慰。

这是我的学生！

这就是我的学生！

做专家的本分，做人的本分

2012年5月13日

一次，出席一个关于大学评估的会议。有一所被评估的大学，其某个一级学科分散在多个学院里。于是，有些专家就建议该大学按照学科进行整合办学云云。而且，这种建议，不无要求的味道。

面对这种"要求"，被评估的校方通常都非常为难，特别是在被提出诸如此类在我看来颇为无厘头的要求时。

这所大学的做法是，派出了一位年轻老师来应对。对于专家们提出的意见，一律的回复是先回学校汇报。结果，弄得正襟危坐、煞有介事的专家们不得不把高高举起的皮鞭轻轻落下——通过该校的评估，以此给双方各一个台阶。

像这种"要求"被评估单位做这做那的情况已经不是第一次遇到了。在会上,作为一个局外人,我都觉得有些要求实在是"岂有此理"!

想想看,一所大学的学院,有着复杂的由来和设置的原因,哪里是三言两语就可以更改的事情。

如此说来,专家的职责究竟是什么?还真的需要好好思考一下。

在不同的场合,专家的职责有所不同。有时是提供咨询意见,有时是受甲方之托,替甲方把关。俗话说"盗亦有道",专家也需要有做专家的操守才行。

我也经常做专家,在我看来,专家的意见也不过是一己之见,专家首先必须有自知之明。一所办了几十年、上百年的大学,会突然之间不知道该怎么办了,请专家随随便便指明一个方向吗?

专家需要摆正自己的位置,坚持真理,为社会贡献自己的智力,还要与人为善,遵循社会的基本逻辑。

说到底,和其他事情一样,做好专家,要先做好人。

科技领域的"乞丐"

2012 年 5 月 18 日

"喂,是关院长吗?"对方操着一副难以形容的令人生厌的腔调,在电话里指名道姓地叫着我。

"我是《×××××》(某刊物)这边的。

"我们成立了一个理事会,想邀请你们参加,现在给你发一个传真,请你看一下。"

第二天的某一刻,当电话铃声再次响起时,那个声音又出现了:"给你的传真收到了吗?请你安排一下,你们是怎么安排的?"这时候的口吻已经有居高临下的味道了。

每年不知道会接到多少这类的电话、收到多少这类的邮件及传真。内容无非是邀请你当理事,条件(美其名曰为"义务")是每年都需要缴纳一定数额的"会费"。

每当此时，我都会想起一位在外地大学工作的好友——有一次，我给他的座机打电话，对面一直无人接听。于是改打手机，好友便接听了。后来询问座机无人接听的缘由，他回答说，因为经常通过座机接到自称不同刊物工作人员打来的电话，连威胁带利诱地要求自己当理事，而且当然不能是免费，所以索性就不接座机来电了。

每每遇到此类事情，着实既无奈又为难。因为既不想花这笔冤枉钱，更不想违背学者的良心，然而拒绝对方，又害怕遭到报复。于是，就只能采取不接电话的"下策"。

社会上有无赖、恶棍，科技领域也有类似的恶人。就像那个强行邀请别人成为理事的人，就是带有强盗性质的"乞丐"。

对待"乞丐"自然就有对待"乞丐"的办法。记得一次去某地旅游，导游说："千万不能给这里的'乞丐'钱，因为一旦你给了一个，其他的'乞丐'也会一哄而上。"

联想起那个某刊物打电话的男人，他靠这种小伎俩行乞度日，那感觉、那腔调一定好不了。

真不知道他们是怎么沦落到这步田地的。

哀哉。

谁能让学生们不再落泪

2012年5月28日

一年一度的大赛盛会结束了，各方面都倾注了极大的热情，大会也取得了圆满成功。

后来通过学生的邮件才知道，学生对于获取名次付出了怎样的努力，对争得荣誉寄予了多么大的期待。

透过学生来信的字里行间、指导老师的言谈话语，一些人在不自觉中显露出了对名次的计较和对荣誉的渴望。

尽管我一再劝诫学生们，经历比名次更重要，因为在有更多阅历的我们眼里，这是一场没有失败者的角逐。但是，还是有学生为此落泪。

理解，完全理解。

多么希望评委都能对学生们说："加油，今天的经历比名次更重要。"

多么希望指导老师能对孩子们说:"加油,在参与过程中发现自我、找到自我才是重中之重。"

多么希望学生们能说:"尽管我们取得的名次与我们的预期还有差距,但是我们不会气馁,我们在这个过程中学到了很多东西。"

也想对学生们说:"从任何角度来说,你们都是这次大赛的成功者。你们失去的,只是那些犹如蝉蜕一样的、永远不再需要的躯壳。"

谁能让学生们不再落泪?

又是一年答辩时

2012年6月6日

一年一度的各种毕业答辩在密集进行。

听着台上一个个准博士、准硕士的陈述,看着他们的论文,不禁心生感慨。

(一)连题目都没有弄清楚的博士论文

轮到我提问的时候,我给答辩者提了一个问题:"请解释一下你博士论文的题目,我不知道该从什么地方断句。"

其他评委也接着我的话议论了起来。

一篇做了四年的博士论文,学生竟然没有发现论文的题目不通,实在令人匪夷所思。

（二）"……关键技术研究"的博士论文

好几位准博士的博士论文题目中，出现了"……关键技术研究"之类的字眼。

立即和身边的一位美国大学教授议论了一下。我们共同的感觉是，不妥。

博士论文应该做什么？

看来不是所有的博士生导师都弄明白了。

（三）没有问题的博士论文

很多博士在陈述自己的研究时，仿佛是在完成一篇命题作文——只有任务，没有问题。当然，更谈不上他们在研究中要解决的问题了。

能够发现问题，并探究其背后的科学原理，是独立从事科学研究的人需要具备的重要能力。如果在一篇博士论文中，只字未提需要解决的问题，那么如何证明这位准博士具备了独立从事科学研究的能力呢？

（四）"毁人不倦"的导师

每个学生的陈述都有规定时间，如何利用这有限的时间，大有文章。

有些学生侃侃而谈，可以把最复杂的事情，用最通俗的语言解释清楚；有些则是像打机关枪一样，通篇的文字喷涌而出，而到头来，听者还是云里雾里。

演讲，体现的不仅仅是口才，更重要的是思维方法和表达方法。

从那些演讲失败的学生身上，可以看到许多问题的影子。看着那些天资尚好的学生，论文和演讲却不尽人意，实在感到可惜。

导师帮学生看过演讲稿吗？

那些"毁人不倦"的导师……

考卷后的留言及其思考

2012年6月7日

期末考试了。考试的最后,我在黑板上写下:请提出你对本课程的意见和建议。

批阅试卷时,看到学生的留言大部分都是关于课程内容的具体建议。通过这些具体建议,能够感受到课程的不足之处和改进方向。另有一些留言,则是学生综合性的杂感,其中有一段是这样的:

很不好意思,本学期缺席两次课,刚好碰上点名。确实有事,没有别的理由,我也不拿病假糊弄您了,特此道歉。

您留给我最深刻的印象,就是每次课上都会教给我们一些社会工作中为人处事的经验,很语重心长,让我很受益。看得出您不是一个计较考勤、分数的老师，很大气，也很博学，不局限于教案，更注重育人，非常感谢，很荣幸选修课还能碰到一个好老师。关宏志，我要考您的研究生时一定不会写错您的名字。哈哈。

看到这则留言，我想了很多。

说实在的，选修课很难上。因为，学生选这类选修课，大多是感觉这门课的学分比较好拿（恕我做一次度君子之腹的小人）。所以，他们真想学好这门课的积极性并不是那么高。再加之当下普遍存在的浮躁学风，缺课、课上不遵守纪律的现象很是普遍。

为了让学生真正认识到学习的重要性，增强学生的责任感，每次上课我都少不了说一些专业以外的话。尽管觉得自己有些苦口婆心，还是看到一些学生依然故我。对此，时常感到无奈。

看到这个学生的留言，我感觉自己的努力有了回报，"润物细无声"的教诲有了效果，也让我再次审视当下教育学生的各种做法。

育人，只能用育人的办法，而不能用管的办法。

又到一年离别时

2012年6月7日

今晚的学术例会,竟成了一场充满温情的欢送会、告别会。

第一个演讲的,是即将离校的 X 博士。他没说两句话就哽咽了,很快惹得在场的师弟师妹们也都一个个热泪盈眶。

"我还清楚地记得刚刚入学的第一天,仿佛就是昨天发生的事情一样……"

在 X 之后激情发言的,是 L 博士。

这位看上去有些木讷、来自农村的青年,今天也动了情。他回忆起和我一次又一次关于研究方向的讨论、关于论文内容的讨论,以及最后关于他如何进行答辩演讲的讨论。

紧接着，四位即将离校的硕士 C、L、S 和 B，一一侃侃而谈。

感谢、感慨及自豪。

哽咽、感伤和眷恋。

随后，那些继续在校攻读硕士、博士学位的学生也各自对上半年进行了总结和回顾。他们的总结让我吃惊，让我欣慰。

让我吃惊的是，学生们是那么懂事，他们的内心世界是如此丰富，为了学习目标的实现，是如此发奋努力。他们那丰富多彩、充满诗情的表述，真挚、恳切、感人。发言中，动情处，有班得瑞的音乐和诗朗诵的引用。

短短半年时间里，每一个学生都阅读了大量的文献资料。阅读所发挥的效应正在他们的举止言谈和学术长进上显现出来。

我欣慰。

每年都会送别毕业生，博士、硕士。今天，离别在即，有些伤感，更有期待——愿走向社会和生活的他们有所成就，快乐安康。

没有超越就没有学术的进步

2012年6月14日

每年答辩都会留下一些故事,今年的学生论文答辩又给我留下这样一些思考。

(一)"不是本专业的问题"

一个学生答辩结束后,台下坐着的两位老师把头摇得像拨浪鼓似的。一句"不是本专业的问题",弄得学生不知所措。

我们暂且不说学生的课题是否真的远离了专业,一个学生可不可以做所谓专业以外的问题研究,倒是一个很有趣的话题。

这让我想起了最近读过的一本书。

在这本叫作《怪诞行为学》的书里,作者言及自己在很多年前遭遇了一次意外，从而在其中发现了一个问题。于是，他就开始以大学生的身份，在老师的指导下沿着这个问题追寻下去。接下来，他不断发现问题，不断追寻，最终形成了这本书及其背后厚重的研究积累。

于是，这位发现问题的少年，成了美国麻省理工学院（MIT）的教授。

谁规定了他必须研究行为学？谁造就了这个MIT的教授？

这个真实的故事给了我们很多启发。

做科学研究，首先需要的是发现问题的眼睛，其次，是激励研究者针对问题追寻下去的机制、氛围，最后，则是不断发现问题并探求真理的灵感。

试想一下，如果当初发现问题的少年被教授斥以"这不是你的专业"的话，今天我们能有那么多关于人类行为的认识吗？能有《怪诞行为学》这本书吗？

另外，一个学科的问题不可以从其他角度来研究吗？

"横看成岭侧成峰，远近高低各不同，不识庐山真面目，只缘身在此山中。"苏轼这首饱含深刻哲理的诗，就从一个侧面回答了这个问题。

从现有专业的角度观察专业问题，无异于在庐山之中观察庐山。为什么不可以考察黄山的岩石,并用考察黄山岩石的结果来研究庐山呢?

1994年诺贝尔经济学奖得主纳什(John Nash),就是将博弈论引入经济学研究,从而获得了经济学界的认可。在科学史上,发展不同研究领域的技术和知识,并通过结合它们形成交叉学科的科研成果,这类事例不胜枚举。

事实上,事物的发展需要断裂和突变。陌生的眼光和外在的力量往往是造成事物断裂和突变的根本原因。试图阻断陌生的眼光和外在的力量,就失去了断裂和突变的机会,其结果就是阻碍了事物的发展。

回到开始的话题,对于一个能够发现问题的学生,我们除了鼓励他沿着提出的问题追寻下去之外,还需要做什么呢?

(二)有什么用?

"这个研究有什么用?"这是我经常听到的一个问题。

一个研究被提出这样的问题有两种可能:第一,是研究者本身没有把研究的意图想清楚,就是我说过的,没有问题的研究。这种情况另当别论。第二,则是评判者只希望看到研究的某种应用价值。

在试图回答这个问题的时候，我想起了这样一个故事。

第二次世界大战即将结束的时候，美国总统罗斯福的科技顾问布什给罗斯福提交了一份对战后美国科学研究产生深远影响的研究报告——《科学，无止境的前沿》，该报告中最重要的结论有两条：

● 如果没有自己的知识点，将会在竞争和贸易中受制于人；

● 应用性研究总是排斥基础研究。

正是基于这两点深刻认识，美国政府在战后构建了一个鼓励知识创新和促进基础研究发展的科研体制，因而这份报告对美国的科研政策，进而也对其他一些国家的科研观念产生了深远的影响。

这种影响的结果，除了国家大力发展基础科学研究之外，还包括更加尊重学者的个人灵感，充分营造包括学术自由风气在内的学术氛围。

时至今日，在那些重视基础科学研究的国度（多数也是学术自由程度较高的国家）里，有很多研究已经分不出是基础研究还是应用性研究。

发现一个问题并沿着这个问题研究下去是科学家的本能，而允许和鼓励这种追寻，则是学术自由的重要标志。

固然有很多科学原理是发现于应用性研究，但是，更多的却是源于一开始根本无法预估应用的基础研究。

在疯狂追逐利益的氛围中，包括学者在内的很多人都更加关注研究成果的功用，而自觉不自觉地排斥基础性研究。在从事应用性研究的学者，尤其是个别妄自菲薄的学者之间，从事基础性研究的学者总是被讥讽和被否定的对象。

在我看来，有用不仅仅是实用，研究结果对基础理论有所贡献，也是有用。

如果我们一味地强调实用，而对布什的警告视而不见，那我们除了在竞争和贸易中受制于人之外，还能有其他结果吗？

由职称评审引起的思考

2012年6月18日

学校里只要评职称,就会提起如何评价一个学者这样平常而又复杂的问题。

在竞争日益激烈的今天,申报职称的标准越来越高,条件越来越苛刻。为了尽量保持公平,主持单位不得不一条一条地详细规定好各方面指标。如此一来,就到了评价者必须依靠数据给被评价者定个高下的地步。

而对于申报门槛,出现了不同的标准要求。

一种标准要求,是必须自己主持过国家级项目,另外一种标准要求,则是必须有数篇高水平论文。两种看似对等的门槛标准,实际上却有很大的区别。

体育比赛的记分方法,大致可以分为两大类。我们权且将其中一类称为偶然效应法,而另一类可以称之为累积效应法。

偶然效应法的典型代表要算足球了。从理论上讲，总体上实力较强的一方应该获胜，但是，强队常常无法通过一点一滴的累积效应锁定胜局。因此，比赛结果就充满了偶然性。这也就是为什么我们经常可以看到一支强队"意外"输给了一支弱队的原因所在。

而累积效应法则可以乒乓球为例。这种比赛的胜利，靠的是比分一分一分地积累。谁先拿到11分，谁就获胜。因此，在这种规则中，强手更容易依靠优势获得比分，最终凭借分数的积累赢得比赛。这类比赛中，强队更容易获胜，弱队靠运气获胜的概率，就要远远低于偶然效应法了。

一个学者要获得主持国家级项目的机会，固然和实力有密切关系。但是，很多机会的获得也像足球比赛一样，充满了偶然性。因此，必须主持国家级项目的要求，就和偶然效应法异曲同工。

相比之下，发表高水平论文属于累积效应法。学者可以靠一篇一篇论文中的努力，最终形成自己的学术积淀以及学术影响。通过一个人的研究业绩来评价他的实力，这显然更适合于对学者的评价。

说到底，职称评审是一项极其严肃的事，需要评价者具有高度的责任心和学术水平。而今天，一些奇奇怪怪的评价标准，只能说明职称评审的某个、甚至某几个环节还存在问题。

事实上，没有固定的、明确的标准，才是最科学和严格的标准。

理论建树与实践成就之间
——关于学术批评的思考

2012年6月24日

读了一篇关于哲学的论文——《论哲学发展的两种表现形式》,其大意是论述哲学的理论和实践的关系。

颇受启发。

其实,在自然科学界的不同领域,也存在着理论发展和实践进步的关系问题。

经常听到一些学术评价言论。例如,一些人讥讽某主要从事基础研究的学者的成果没用,另外一些人则批评有些人只知道做项目。

学术成果有着不同的表现形式,对其的评价就应有不同的标准。从事基础研究的学者总是拿"高水平"学术论文体现自己的学术水平,有着丰富实践经验的人则是用(投入应用的)专利的数量,或者自己承担的标志性工程来表现自己的能力。

在现实当中,有些人为了批评而批评别人,喜欢用缺乏理论性来批评搞实践的人,又用缺乏实践性去指责搞理论的人,这几乎成了一部分人打击他人的法宝。

在我看来,理论和实践的突出成就,不一定要体现在同一个人身上。我们不能、也无须要求一个具有高深理论水平的人,同时具有丰富的实践经验;一个有着丰富经验的人,同时掌握一套又一套高深的理论。

事实上,高深的理论和丰富的实践同时成就在一个人身上的情况极少。认识到了这一点,你就会发现,但凡说搞实践的缺乏理论成就,或者指责搞理论的缺乏实践成果的人,如果不是别有用心,就是缺乏对这种规律的了解。

任何一个学科的发展,都既需要理论上的建树,又需要丰富的社会实践,二者缺一不可。否则,这个学科必将走向衰落。因此,在理论与实践方面取得成就的人,更应该相辅相依、共同发展。

人在美途

小鸟时而上下飞动，时而落地觅食，显然，已经和人类建立起了自然和谐的关系，它们与那里的人是如此亲近。

美国，的的确确是它们的天堂。

人在美途
——2012 年美国旅行日记之一

2012 年 1 月 29 日

2012 年 1 月 27 日,漫长的一天就此开始了。

(一)人在旅途

四点半起床,洗漱完毕后,最后整理了一下行囊。五点多从酒店退宿之后,很快来到机场大巴站。

昨天的纽约细雨霏霏,天气预报也说今天依然有雨,可是此时上天送给纽约、送给曼哈顿的,却是清晨湿润清新的空气。

孤零零站在依然暗色沉沉的街道边,四周显得那么宁静,弥漫着一种雨后才有的安详,让我清晰地知道自己人在旅途,即将开始离开纽约的新旅程。

很快,我登上了开往肯尼迪机场的大巴。此刻,天空的雾开始浓密起来，小雨又至。好在大巴司机轻车熟路，6:30 抵达了机场的 7 号航站楼。

安检、候机，一切顺利。

"由于飞机晚到"（和国内一样的延误理由），前往华盛顿的飞机延迟起飞了半个小时。这样算来，留给我在那里转机的时间就只剩下半个小时。

想了一下，在飞机上就问清了在华盛顿机场的登机口号码。

而后，在华盛顿转机时，尽管没遇到什么麻烦，但还是由于时间太紧，而不得不提着行李匆匆忙忙地赶路。

在 C3 登机口，见到了其他留在华盛顿的同行者们。

（二）开大巴的老陈

想起早上乘大巴去机场的情形——

大约 5:30，一辆机场大巴停到了我面前。车门打开，我正欲用英语询问司机我的行李是否应该放到大巴后面的行李厢时，司机突然抢先发话了："会讲国语吧？"我立即说："是。"

"你快拿着行李上来。"他说。

大巴上只有我一位乘客。司机告诉我他要带我赶上前面的那辆大巴，我将乘那辆大巴去机场。

此后,他便不紧不慢地和我交谈起来。

　　"我是潮州人,出生、成长在纽约。

　　"我爸爸告诉我们,大恩不言谢。我爸爸是个理发师,给一个人耳朵穿线,治好了他的耳聋。他要给我爸爸钱,我爸爸不要。于是那人就每年给我们家送皮蛋(松花蛋、变蛋的别称)。我小时候就问我爸爸,我们家哪来的那么多皮蛋?

　　"潮州人做生意,是你做你的,我做我的,互不打扰。但如果你得罪了其中一个人,哪怕是吵架,他们全体都会来帮他。

　　"我长大后,曾做过100多万元的生意,那就是开商店。

　　"我还有几年就退休了,退休金每月1000多块。就算是1500块,按照人民币计算,1∶6的比率,也有9000多块。到时候我就回中国生活。一个月9000多块,还可以吧?"

　　最后,司机告诉我,他姓陈,耳东陈。

　　"叶落归根"的中国人啊!

(三)天体物理学者

　　在飞机上休息的时候,有一位面相清秀、健康阳光的小伙子朝我微笑,我还以微笑后,小伙子向我打了一个招呼:"我们好像见过。"

"可能。"我道。

"你是不是经常飞这个航线?"

"算不上经常,上一次是6个月前。"

"哦。"

于是我们攀谈了起来。

交谈中得知,小伙子在国内毕业于北大,现在波士顿的一所大学里做天体物理学者。

"这样的人值得一谈。"我心中暗想。

于是,我们就一些哲学、天文以及其他事情交谈了起来。我和小伙儿的年龄应该差了一旬左右,小伙子的智慧、开朗以及极好的沟通能力给我留下了深刻的印象。尽管他还很年轻,但是他对于国内一些问题的看法极具这个时代的代表性,深刻、到位。

小伙子在倾听我的观点时流露出的赞同的神情,让我感受到我们彼此之间的相互影响与启发。

北京时间1月28日下午3:30,随着飞机轮胎碰撞跑道发出的声音,飞机平稳地降落。

历时十三个多小时的飞行就此结束,一段旅程画上了圆满的句号。

美国(不)是天堂
——2012年美国旅行日记之二

2012年1月29日

经过几十年的改革与建设,一个不断强大的中国站在了世人的面前。尽管人们对统计数据存有各种各样的疑问,但是中国正在走向强大的事实,是不容置疑的。

对于因各种原因到访美国的中国人而言,国力、经济实力给了国人自信,也给了国人一个审视和再审视美国的机会。于是,在我们的视野里,美国的轮廓逐渐清晰起来。

不知道从何时起,国人养成了只能听好话的"习惯",尤其是喜欢听外国人的恭维。人家如果不主动恭维我们,我们就把话题往恭维的方向引。即使说到自己的问题,也是放到最后,轻描淡写地来上几句。而说到别人,则是问题多多,不敢苟同。为了尊重这一"习惯",在此总结一下我在美国的见闻。

（一）美国不是天堂

• 没有网络的旅馆

在华盛顿入住的是一个很不错的旅馆。以前去过美国很多次，造访过很多城市，但是如此温馨、宽敞的旅馆还是第一次碰到。

旅馆的房间内摆着网线，可是试了多次，仍然没能成功连接上网络。询问酒店的工作人员，得到的答复是："这是网络公司的问题，和酒店无关，如果你想用网络，可以到商务中心，那里有免费的网络。"

于是，几乎每天路过酒店大堂，都可以看到端着笔记本电脑、询问哪里有无线网络的客人。大概他们和我一样，会产生这样的念头：在世界头号强国，竟然也会遇到如此初级的问题！

• 没有手机信号的地铁

在华盛顿时，经常乘坐地铁。在地铁里，手机没有信号成了急需联络时的困扰。记得很多年前在日本时，日本人就已经解决了地铁里手机通信的问题。北京、上海也较好地解决了这个问题，可是，今天的美国首都华盛顿却不行。

但是，没有人会怀疑美国人在技术方面存在问题。

- 不守规矩的出行者

曼哈顿和任何一个人口稠密的地方一样，到了白天，人满为患。各种肤色、操着各种语言的人在你身边、在大街上川流不息。

行走在曼哈顿的街道上，经常可以听到汽车的鸣笛声，显然是汽车遇到了不守规矩的行人。在这样的地方，你很难断定那些不守规矩的人就是美国人。但是，那些在人行道前没有停车让行的车辆，肯定大多是美国的车辆。一些不良的交通现象，在其他地方已经难以见到了。

（二）美国是天堂

- 夜晚停下来的汽车

刚刚抵达华盛顿那天，从机场一路乘坐机场大巴抵达地铁站附近。我们几个人下了大巴后，拖着行李在街道上东张西望地寻找地铁站入口。

就在这时，一辆汽车停到了我的身边，司机放下车窗，询问我是否需要帮助。

我立即说明我们的意图，汽车里的男人用手指着前面说："地铁站就在前面。"

可以断定，这样的事情在美国肯定不是时时刻刻都在发生，而在中国，也不是从来没有发生过。

但是，在美国，我们幸运地遇到了，而在中国，我一次也没有遇到。

- 自动排成一队的人

美国人也有扎堆的时候和地方，这样就免不了要排队。遇到这种情形，不得不佩服人家，无论是乘坐电梯或是公共交通，所有人都会安静地寻找队伍的尾巴——那个属于他自己的、最恰当的位置。

没有人烦躁不安，没有人在电梯里反复地揿关门键，没有人强调自己的优越和特殊而试图超越他人。

- 成群的小鸟飞翔在湿地的天空上

在去往新泽西的路上，有一大片湿地。远远望去，很多种叫不上名字的鸟类成群结队地在那片天空飞翔。

小鸟时而上下飞动，时而落地觅食，显然，已经和人类建立起了自然和谐的关系，它们与那里的人是如此亲近。

这样的情形，在曼哈顿的中央公园、在其他地方也常常看到。动物都能如此惬意地生存，着实让人羡慕。

美国，的的确确是它们的天堂。

篇外：惹祸的中国学生

回来的飞机上，又遇到一大群中学生。

一个小女孩愤怒地质问他人为什么要占她的座位。

飞机起飞前，两个全副武装的警察来到飞机上，和中学生的带队老师交涉着什么。只见带队的女老师合掌做出哀求状，凭着生活经验判断，应该是她的学生惹了什么祸，并且惊动了华盛顿机场的警察。飞机耽误了一会儿，还是起飞了。看样子，警察接受了老师的哀求。

望着一群衣着入时，手里拿着 iPhone、iPad 的中学生，想起当年我们远渡重洋求学时的情形，"萧瑟秋风今又是，换了人间"的感慨顿生。

那些埋头玩弄着手里时尚电子产品的孩子们在想什么？他们的父母把他们送出国，又是为了什么？

没有网络、地铁里没有手机信号的美国，一定算不上天堂，可以怡然自得地生活的美国，一定算得上小动物们的天堂。

美国，不过就是按照自己的节奏，在这个地球上一直向前走着。

2012年春节的记忆
——2012年美国旅行日记之三

2012年2月3日

（一）"革命化的"春节

对我来说，这是一个很特别的春节。就在中国人最忙碌最喜庆的那几天，我却因身在美国不得不过一个"革命化的"春节。

我们这个年龄的人，对"革命化的……"这个说法都不会陌生。在那个年代里，工作高于一切，工作就等于革命。因此，如果是在节假日里工作，就会被冠以"革命化的××"，那在当时便是最高的荣誉。

中国人过春节，可是件大事。许多人为了买一张回家过节的火车票，宁可冒着严寒排队几天几夜。为了春节，很多人哪怕开着摩托车跋涉几千公里，也要回家和亲人团聚。可是，美国人就是不理解中国人，偏偏把会议安排在了这段对中国人来说十分特殊的时间里。

不过,之前就有过多年在国外生活、过春节的经历,此次在美国过春节顶多算是一次复习罢了。再说,在美国那段时间里,生活在美国的朋友们也很是热情,各种聚会和宴请不断,让我充分感受到了友情的温暖。

在美国过一个特别的春节,同样是不亦乐乎!

(二) 祝福的短信

每年春节,最累的是我的手指。因为短信要一条一条地发,名字要一个一个地输入。向来都是从春晚播出便开始发短信,到午夜十二点放鞭炮,忙得头都抬不起来。每到最后,手指都仿佛不是自己的了,真让人叫苦不迭。

想到今年在国外开会,不会像在国内那样有空发短信,于是出发前就狠狠地偷了一回懒,给亲朋好友提前拜了一个年,用群发短信的方法。在电脑帮我一条一条地把祝福短信发出去之后,不得不感叹现代技术的力量之大。不过,还是下不为例。

国内和美国华盛顿特区有十三个小时的时差,所以当国内的短信如洪水暴发的时候,正是我们在美国开会的时间。手机险些一下子被大量涌入的短信"胀爆"了。

既然是过一个"革命化的"春节,在那边索性也抓住学术会议的每一个间隙回复短信。可怎奈这短信洪水来势凶猛,犹如北京道路上的车流,从早到晚怎么也流不完一样,直到回国后整理手机短信,还发现里面依然躺着57条"未读",而没有来得及回复的就更多了。

回国后见到一位朋友,一见面他就说:"收到你发自华盛顿的短信了。"那开心的表情,就好像是他自己去了一趟华盛顿。

看来,在美国那边发信息的效果还是不一样。

不可没有的民族精神
——《太平洋的奇迹》观后感

2012年2月3日

　　无意间看到一部日本人拍摄的电影《太平洋的奇迹》,一口气把它看完了。

　　故事的背景,是第二次世界大战期间日本人兵败塞班岛。

　　日本军队残部和一部分平民被迫躲进易守难攻的密林深处,并据此与美军展开了周旋。

　　影片集中刻画了大场上尉这个日本军人的形象。通过一些情节,描写他的仁爱、顽强、刚毅、果敢。

　　最后,美军还是借着日本战败投降的契机,才彻底降服了这支日军残部。

　　影片的最后,是日军残部穿着干净整齐的军装,扛着日本国旗,唱着军歌,迈着整齐的步伐走出丛林,向美军投降的场面。

　　故事片就是故事片，影片从题目到内容都有虚构、美化的成分。但是，影片着实把那种宁可玉碎不求瓦全的英雄气概和顽强的精神表现得淋漓尽致。

　　正是这种精神，给我留下了一系列值得思考的问题。

　　日本的文化和精神的源头，说起来应该都在中国。中国历史上从来不缺乏宁死不屈的英雄，从岳飞、文天祥、戚继光到抗日战争中的张自忠、杨靖宇等人，都为我们留下了可歌可泣的史诗般的英雄故事。

　　这些精神，不仅仅应该体现在战争年代，在和平年代里也应该发扬光大。

　　一个优秀的文化，应该能存留下那些民族精神，并使之发展流传。如果我们的民族精神也需要像先进技术那样，也从国外进口的话，那无疑是我们这个时代最大的悲哀。

贵族之于社会进步

2012年2月6日

很多人在讨论中国之进步的时候,都认为中国缺乏一个重要的社会阶层——贵族阶层,缺乏这个阶层应有的觉悟和意识。

说到贵族,当代的我们实在缺少非常具象的概念。著作《故人风清》和影视作品《五月槐花香》里都展示过那个时代的贵族,但从他们那些人身上,人们看到更多的是精神层面的格调、品位和行为上的操行。至于西方的贵族,更是知之甚少。

作家刘瑜在她的《送你一颗子弹》中讲到,她曾经参加过一个名为"Formal Hall"的"邪教活动"。在这个英国上流社会人员才能参加的"被活活吃饿了"(有时会耗时近六个小时)的正餐上,那些身着正装的人们认认真真谈论的却是"学院前面那块草坪是不是该修了""图书馆门口那张桌子要不要移走""下个月我们院要不要再添置三台电脑"之类的问题。

这不禁让人想起西方电影中常常表现的欧洲上流社会的聚会,大家衣冠楚楚地出席,席间谈论的无非也是家长里短、争风吃醋之类的事情。

由此可以管窥到,在贵族文化、至少是西方的贵族文化里,人们习惯以极其认真的态度对待世间极其平常的人和事,让最普通、甚至是"最无聊"的事情都变得神圣而正式,哪怕是争风吃醋之类的事情,都在一种秩序中进行。

反观一下平民的生活。

记得有一次去超市,恰逢超市下班前各个货架上货,一边营业一边上货使得超市里乱作一团。突然,有一个货架旁边的货物被碰倒,应该是一个身为工作人员的小伙子不小心所为。按说,小伙子只要把它们扶起来即可。但这个小伙子却用脚狠狠地把那些货物(一些塑料箱子)踢到一起,把它们扶起来后,又狠狠地用手掌在上面拍了几下。那力气足以破坏那些尚未出售的商品。

我想,这如果是他家的商品,他肯定不会如此对待。

有一天,在民航工作的一个朋友给我讲了一件事:飞机上的头等舱空着,经济舱的一些乘客见状,就一定要坐到头等舱的空位上。这种无理的要求，当然被空姐拒绝。但是，结果是有乘客把空姐暴打了一顿。

用野蛮的方式解决问题，是一些人的首选策略。

相比之下，贵族阶层（或者说有贵族意识的人）犹如一个社会精神的水库，蓄涵着一个社会的精神宝藏，引领着社会的发展，稳定着社会的局势。他们相信有超越眼前利益的高级价值，相信有超越物质生活的精神世界。

相反，那些用最庸俗的心境看待世界的人，则是这个社会不安定的根源。暴力、无耻、不负责任、玩忽职守甚至草菅人命，都和这个群体所创造的"文化"不无关系。

稍微有一些生活经验的人都会知道，用认真的态度对待世界的人和用庸俗的心境对待世界的人，哪一类更值得信赖；一个社会中，哪类人多了才会使社会更加和谐稳定。

中国要进步、要成为真正的世界强国，可不是"只要全国人民都富裕了就好了"那么简单。

今天我的车限行

2012年2月12日

今天（周五）我必须外出开会，而按照北京的规定，今天我的车限行，7:00—20:00不能在规定的市区范围内上路行驶。

我知道早上的出租车也异常难打，就提前看好地铁线路，准备乘坐地铁出行。

我家距离地铁站尚有一段路，需要乘坐公共汽车抵达地铁站。于是早上很早我就出了门，到车站等候公共汽车。

瑟瑟寒风中，车站有很多人候车。和往常一样，人们乱哄哄站成一片，似乎永远没有队伍的概念，永远也分不清先来与后到。

这些年，人们荣誉感、自尊心和秩序意识的增长，仿佛从来就未跟上过物质生活的快速丰富。四处的无序折磨着人们，逼迫人们向混乱低头，甚至去当混乱的"帮凶"。而在一些人的意识里，跳出混乱的最佳方式就是获得超越旁人的特权，所以他们绞尽脑汁、翘首企盼，期待着获得特权的那一天。

有些人如愿以偿了，获得了一般人没有的特权。但遗憾的是，由于没有注重人们品格的提升和秩序意识的加强，社会的混乱并没有得到明显改善。

我要乘坐的公共汽车，一端通向的是打工一族最集中的社区，另一端连着地铁始发站。因此，上班高峰期，驶往地铁站的车总是人满为患。

终于等来了公共汽车。可是，这辆车刚打开车门，等车的人就一拥而上。然而，只挤上去了两个人，便再也无法容纳更多人了。

无奈，我只好等待下一辆。时间在消逝，我既打不到车，也无法登上公共汽车，心里未免有些着急。

第二辆车来了，车上、车下依然拥挤如故。

"不能再等下去了！"

无奈之下"急中生智"，我只好在第三辆车的后门打开的瞬间挤了上去，和我一样如法炮制的，还有几个人。

谢天谢地！

途中，看着车门开闭的情形，我不得不感慨新型公交车车门设计得着实坚固有力——任凭乘客挤满车厢，车门依旧可以开闭自如，竟然丝毫没有损坏的迹象。

到达地铁站的时候，时间距离开会还有一个多小时，应该来得及参会。

虽说是地铁的始发站，当我上了地铁列车才发现，里面根本没有座位，我只能站在拥挤不堪的车厢里。人，人，人，车站内外、站台上、车厢里到处都是人。和寒冷的户外相比，车厢里一片燥热。没一会儿，脖子上的围巾也开始让我冒汗，我开始期盼车厢里的送风机能对准我吹上一吹。

就在目的地的前一站，列车的广播突然反复传出一个声音："各位乘客，接到上级通知，×××站通过不停车。"

对于这个突然的变故，我措手不及。好在出发前看过地铁线路，如果我在这一站下车换乘另外一条线，也可以接近目的地。

于是赶紧下车换乘，并立即电话通知了会议主办者。

几经辗转，我终于到了地铁的目的地。

接下来，我还要乘坐其他交通工具才能抵达会场。三步并作两步，一出车站的我却傻眼了。面前是此起彼伏的"打车吗"的声音，不用问就知道，我是被一群"黑车"包围了。绕过他们径直来到公交车站前,可是,一时不知该乘坐哪路车去会场。我站在那里,看着一列站牌发呆。

此时已接近开会的时间。无奈之下,只好再次电话联系会议主持者。他们得知情况后,立即要我在原地等候,他们会派车来接我。上车之后,匆匆赶往会场,但当我抵达会场时,会议已经开始半个小时了。

惭愧。

车辆限行,给了人们一个必须乘坐公共交通的理由。但是,这样的出行体验恐怕也帮人们下定了再买一辆汽车的决心。

"零输豪"带给我们的自豪

2012年2月21日

进入2012年2月,一个长着东方面孔的美国人引起了国人的浓厚兴趣和高度关注,此人就是纽约尼克斯队的一位篮球运动员——林书豪。

在重要的机遇面前,林书豪的绝佳表现不仅让美国人大跌眼镜,也让华人世界为之一震。台湾媒体干脆根据他姓名的谐音,给他起了一个可爱的绰号——零输豪,这个绰号体现出的汉语的魅力,和林书豪的球技一样令人赞叹。

林书豪出名之后,他的出身背景立即成了华人关注的焦点。很多国内媒体都试图挖掘林书豪和中国的关系,有家媒体甚至刊出了"林书豪,新华社喊你抓紧加入中国籍"这样的文章。实在是令人忍俊不禁。

不过，一些冷静的国内媒体人开始注意到：这个叫 Jeremy Lin 的小伙子是在美国出生、从小接受美国教育的地地道道的美籍华人。有位媒体人还表达了他的观点："他的成功，简单说来就是一个标准美国人的成功，跟科比没什么两样。"

喜爱一个成功人士，希望与他产生更紧密的联系，这恐怕是人之常情。不过，常情归常情，冷静地对待每一个人也不无必要吧。

当分子

2012年3月10日

"分子"一词,在中文里有多个意思。在化学的语境里,它表示物质组成的一种基本单位;在日常生活里,它含有成员的意思;而在数学中,它则表示除法公式中的被除数。

用分式表示算术中的除数和被除数时颇有意思,一个写在上面,作为分子,一个写在下面,是为分母。

只要懂一点算术常识的人都知道,分子越大,得到的商(结果的值)也就越大;反之,分母越大,商就越小。

每个人在生活中都常会遇到与其他人共同参与的事,比如评选先进、争取科研课题等。真正有当选的可能,才可谓之当分子,而完全没有入选的机会,则谓之当分母。随着经验的增加,大多数人会慢慢发现,实际上自己做分母的情况要远远多于做分子。

当分母是一个非常普遍的现象，这个现象背后也有多种多样的原因。

我们不能否认，社会中的一些人似乎天生就长着一双适合"水晶鞋"的脚，这些人往往很容易脱颖而出成为分子。而他们身边的人，自然而然就成了永远的分母。

然而更多时候，当分母意味着还需要努力。

例如，在争取科研项目时，学术声誉非常重要。如果一个人自我感觉良好，但学术声誉方面存在问题，自然应该名落孙山，只有做分母的份儿。

如何从分母变成分子？算术式形象地说明了其中奥秘：即从那条代表除号的横线下面"爬"到横线上面。

其实人人都不愿意只当分母，人人也都渴望当分子。为了实现这个心愿，首先就要制定好大家都有机会成为分子的规则，让人人都有机会穿上那双美丽的"水晶鞋"。同样重要的是，想成为分子的人要持续努力，克服各种困难。这个努力并不是努蛮力，更不是抄捷径。不然的话，不仅不会成为分子，而且还有被从分母中剔除的可能。大学解聘那些学术不端的人，就是现实的例子。

只有大家都是公平状态下的一分子——集体的一分子、机会的一分子，这个社会才有公平，这个社会才有希望。

世界在战马

2012年3月11日

闲暇时间,观赏了影片《战马》(War Horse)。

《战马》是一部以一匹马——Joey为主要线索展开的故事片,改编自同名儿童小说,由著名导演斯蒂芬·斯皮尔伯格执导。

影片讲述了Joey从出生,到成为农耕马,最终成为战马的曲折经历。在战争中,它历尽艰辛,九死一生,到战争结束后,又重新回到了和它心心相通的最初的主人阿尔伯特(Albert)的身边。

主人公阿尔伯特是一个贫寒人家的儿子,朴实善良。他目睹了小马驹的降生,并深深地喜爱上了它。

在一次拍卖会上,阿尔伯特的父亲——一位曾获战功的退役老兵,神使鬼差地用了远远高于市价、甚至几乎让他倾家荡产的价格买下了这匹小马。阿尔伯特给它取名为Joey。

　　面对紧紧逼迫他们交出土地租金和房屋租金的东家，面对年老体衰又瘸了一条腿而无力偿还债务的父亲，阿尔伯特凭着超乎想象的爱心和耐心，毅然决然地承担起了训练Joey的工作。同时，他无微不至地关照着、爱护着Joey，视之如兄弟、如爱子。在艰苦的生活中，不仅将Joey训练成了一匹服从命令、能耕善种的好马，也和Joey之间建立了生死相依的情谊。

　　战争爆发，恰逢阿尔伯特家地里的农作物遭受大雨侵袭，几乎绝收。父亲在万般无奈之下把Joey卖给了一个军人。阿尔伯特痛苦难当，宁愿跟随Joey从军，也不愿意离开Joey。但是他年龄太小了，军队没有答应他的请求。从此，Joey和阿尔伯特天各一方。

　　战场上的Joey英勇顽强，它的主人换了一个又一个，而Joey却几次大难不死，奇迹般地从死亡线上挣扎出一条生路。其间，它被一个农家女孩艾米丽救下，并且和艾米丽及其祖父结下了深厚的情感。

　　而后，Joey被军队发现，军队从艾米丽手里强行带走了它，使它再次走上了战场。它天性中的善良和灵通，让它像个英雄一样时时呵护着身边的伙伴——一匹黑马。在黑马体力不支的时候，它主动承担起了拉大炮的重任。眼看着黑马战死在它身边，悲痛欲绝的它似乎失去了理智，开始在战场上狂奔不止，直至冲入对方阵地，被铁丝网缠住，动弹不得。就在此时，人性的伟大再次体现：面对此时情景，对阵双方均有军人挺身而出，共同救助落难的Joey。他们暂时忘记了仇恨、敌对、战争，为了拯救一匹战马的生命，齐心协力，合作解除了Joey身上的羁绊——铁丝网。

在Joey身上的铁丝网被解除后，两个军人都想把Joey带回。最后，他们决定用硬币来裁决。结果，受伤的Joey被英军士兵带回了军营。

此时，为了寻找Joey而应征入伍的阿尔伯特，恰好因为被毒气弄伤双眼暂时失明也在这里休养，他凭借马蹄声辨认出了自己朝思暮想、苦苦寻觅的Joey。就在英军决定杀掉这匹恢复无望的伤马的时候，Joey听到了阿尔伯特的口哨声——那个它从小就熟悉在心的口哨声。当众，阿尔伯特和Joey相认相聚，这也再次拯救了Joey的性命。

战争结束了。根据军队规定，Joey必须被拍卖。尽管指挥官知道了阿尔伯特和Joey的故事，但也无法更改规定。

拍卖会上，屠宰场的老板和阿尔伯特及他身后的战友们展开了激烈竞争，就连阿尔伯特的首长也为买回

Joey 捐了钱。

最后，一个志在必得的坚定声音出现了——"100块，如果需要增加一点，我就卖掉大衣，如果需要增加很多，我就卖掉农场……"

此人正是艾米丽的爷爷。他知道这匹马对于父母双亡的艾米丽意味着什么。

就在爷爷即将把 Joey 带走的时候，爷爷得知了 Joey 和阿尔伯特的故事。他慷慨地将 Joey 送给了阿尔伯特。

历尽艰辛重逢后的 Joey 和阿尔伯特在夕阳的余晖中回到了久别的农场。

整个故事曲折感人，处处闪烁着不朽的人性和感情的光辉。

还是小马驹的 Joey 和母亲分离时的恋恋不舍、Joey 被召入伍和阿尔伯特分离时的依依相惜、Joey 和黑马的陪伴扶持，以及最后的 Joey 和阿尔伯特的感人重逢，影片不仅让人读懂了马的语言，看到了马的内心世界和马的情感，更是通过整个故事，颂扬了人性的力量。

《战马》表现了西方世界人类精神所达到的一个境界，人与人，人与自然，战争与和平，爱、善良、忠诚和不屈。

面对着已经结束播映的电视屏幕，我陷入了沉思。

那些留在记忆中的"表情"

2012年4月4日

（一）体态和衣着

经济的高速成长极大地改变了人们的生活，也改变了人们的体态和衣着。与会者看上去基本都是三四十岁，大多体态臃肿，严重者更是大腹便便。

凌乱的底衣（毛衣或者衬衫），外面总是喜欢搭配一件深色的外套。只是，这些深色的外套并未增加人和会议场合的庄重和沉稳，反而让人感觉看到了荒山上杂生的灌木丛。

（二）肃杀的表情

第一眼见到一些男性"精英"，有时会立刻感到一种强烈的肃杀和凌驾之气。这些"精英"习惯用虎视眈眈的眼神打量对方，仿佛是想从对方的脸上寻找出什么破绽。

何时能在这些人的表情中，找到更多平淡和从容？

（三）难以沟通的语系

当代，不是所有讲汉语的国人之间都可以顺畅沟通，不同的地方更是有着各自独特的语系。那些看似理直气壮、斩钉截铁的语言，实际上反映出的是人们自我世界的空虚。

更多的人只求"怎么办"，而不关心"为什么"。

国在山河破

2012年4月19日

火车驶入了山东省境内,一座又一座小山开始映入眼帘。圆润的山丘,裸露着白色的肌肤,上面生长着不知道是经过了多少年雨雪风霜造化,算不上密布的松树、柏树。

小山上出现了一块又一块的伤疤,仿佛是活生生被野兽撕咬下来的一块块肌肉那样,裸露出白花花的岩石。本来连绵的山脉,在这里被无情地截断,上面原本生长的松树林,也在这里止住了脚步。

一座,又一座。绵延下来的小山,竟然没有一座完好如初。放眼望去,原本充满生机、见证岁月沧桑的群山,遍布了被人侵扰的痕迹,好不凄惨。

那么的无情,那么的惨烈。

近些年，在国内走过很多地方，也拜访过无数的名胜古迹。几乎每到一处，给我的第一印象都是人工的痕迹。有利用人工建造物名为点缀实为破坏的地方，更有不顾大自然的鬼斧神工、自然造化而疯狂开发的地方。目之所及，自然失去了它本来的面目，大山大川更是留下了满目疮痍。

前几天，看了一部关于美国国家自然公园的电视片，深受启发。美国在发展初期，也面临着发展和保护的选择，"开发利用"，也是当时无数人的响亮口号。但是，美国最终选择了建立多个巨大的国家公园，很好地保护了自然生态，为子孙后代留下了宝贵的遗产。

"今天，再也没有人说建立国家公园是一个错误的决定。"

如今，美国既是世界上的头号经济强国，也拥有多处以国家公园形式保留下来的自然环境，其中的关系耐人寻味。

非洲有一句非常富有哲理的谚语：自然不是上帝给我们的礼物，是我们子孙后代托付给我们的财产。

美国人、欧洲人甚至是日本人在经济发展的同时践行上述谚语、珍惜自然的态度和做法给我们树立了很好的榜样。以建立大量国家公园为标志，早在十九世纪，美国人就在对大自然的敬畏和对子孙后代的负责中跳出了对眼前利益的追逐。而今天，我们的山体却留下了满目疮痍。

突然想起了杜甫的《春望》，"国破山河在，城春草木深。"

如果国在，但是山河破碎了，我们该怎么去跟我们的子孙交代？我们怎样回答他们对我们的托付？

葫芦僧判葫芦案之处罚闯黄灯

2012年4月24日

前几天,坊间一则关于闯黄灯遭到起诉的案子引起了轩然大波。最终,法院判决"闯黄灯违法",闯黄灯者败诉。一时间闹得沸沸扬扬。

在我看来,这无异于一起典型的"葫芦僧判葫芦案",闯黄灯有危险,但怎么能算是违法?带着疑惑,又学习了一遍相关法律。

现行的《中华人民共和国道路交通安全法》(简称《道交法》)规定:

第二十六条 交通信号灯由红灯、绿灯、黄灯组成。红灯表示禁止通行,绿灯表示准许通行,黄灯表示警示。

注意，这里明确表示黄灯"表示警示"，而没有像红灯那样说"禁止通行"。

相关的《中华人民共和国道路交通安全法实施条例》（简称《实施条例》）规定：

第三十八条　机动车信号灯和非机动车信号灯表示：
（一）绿灯亮时，准许车辆通行，但转弯的车辆不得妨碍被放行的直行车辆、行人通行；
（二）黄灯亮时，已越过停止线的车辆可以继续通行；
（三）红灯亮时，禁止车辆通行。
在未设置非机动车信号灯和人行横道信号灯的路口，非机动车和行人应当按照机动车信号灯的表示通行。
红灯亮时，右转弯的车辆在不妨碍被放行的车辆、行人通行的情况下，可以通行。

注意，这里明确表示"黄灯亮时，已越过停止线的车辆可以继续通行"，而没有说"黄灯亮时禁止通行"。

那么，黄灯究竟是干什么用的呢？

大家知道，绿灯表示允许通行，红灯表示禁止通行，因为对于机动车来说，从运动到静止需要一个过程，这是自然的法则。如果违背自然规律，不允许机动车有这个物理过程，势必会发生无数的"违法"事件，即由绿灯转向红灯时，大量车辆"非法"越过停车线。即使强行让行驶中的机动车立即停下来，也会造成大量的诸如追尾之类的交通事故。

此外，清空交叉路口，让另一个方向的车辆、行人顺利通过路口，也是黄灯的一项重要功能。

出于对自然规律的尊重，同时避免一些交通违法行为和交通事故，人们在交通管理中设置了黄灯。黄灯的作用，正如《道交法》第二十六条所说的那样，是告诉驾驶员信号灯已经进入了由绿灯转向红灯的阶段，请注意。因此，从根本上来说，黄灯属于绿灯的范畴。而从设置黄灯的本意来说，就是警示。

对此，国外有更深刻的理解以及更完善的规定。日本的《道路交通法施行令》第二条，对黄灯做出了如下规定（笔者译）：

黄色之灯火

（一）行人不得开始横穿道路，正在横穿道路的行人尽快结束横穿，或者必须停止横穿，尽快返回。

（二）车辆不得越过停车线。但是，黄灯亮时，由于接近停车线，不能安全停止的除外。

后面这句话的解释是：当灯色变黄时，如果车辆已经接近停车线而不能安全停止，则应继续通行。这里的"不能安全停止"意味着紧急制动可能会导致追尾、侧滑、翻车等危险情况。

显然，日本的法律不仅很好地说明了黄灯的立法意义，而且详尽地分析了可能出现的状况，从安全第一的角度给出了法律的解释。

在中国，无论是《道交法》还是《实施条例》，都没有十分清晰地说明黄灯的意义及可能出现的情况，只用了"已越过停止线的车辆可以继续通行"这样单薄的表述。立法者和执法者是否真正理解了黄灯的意思，这里实在不好判断了。

而且值得注意的是，即便如此，我们的法律也没有规定：黄灯亮起的时候，禁止越过停车线。

既然法律规定"黄灯表示警示"，既然法律没有规定"黄灯亮起的时候，禁止越过停车线"，这个判决的依据从何而来？

好一个"葫芦僧判葫芦案"！这样的"葫芦案"给了我们怎样的启示呢？

暗流

2012年4月25日

一到汽车销售服务4S店,便感觉到了一丝异样。每当我向店员提起小S时,店员们都会以闪躲的眼光看着我,或说不知,或说您直接和他联系吧。

见状,我感到好生奇怪。

前些日子参加机动车摇号,幸运中签。经过一番打探、搜寻、看车,最终看好了一款四驱的SUV(运动型多用途汽车)。人们常说英雄所见略同,也许我无意中也跟上了"英雄"们的脚步——看上了这款颇受欢迎、销售紧俏的车。

于是得知,要想买车就必须加价,也不知道是谁定下了这样的规矩。

有一次在闲聊中说起此事,一位同事表示可以帮我"试试"。接着很快就把我介绍给了他的朋友——小S。

小S显得很仗义，痛快地答应了我的订车请求，收了定金后，却告诉我提车要在三个月后……而三个月后，我的购车指标有效期就快到了。

最后的期限一天天临近，我开始不断地给小S打电话，询问何时可以提车。经过多次协商，我终于接到电话，说可以准备钱款了。"咱们说好的，加价×。"他在电话中特别提到一句。

"加价"？而且还是"说好的"？听到这句话，我颇感意外。因为，在预付定金的时候，我特意问了一句，他回答说不加价。

不过，这种官司如何理论得清楚？转念一想，也罢。实际上我这几天一直在想，人家给了我如此大的帮助，我该如何感谢他。既然他提出了加价，简单直接，我也省得再和他啰唆了。

到了提车的日子，和前几次一样，小S身着便装（不是4S店员工的工作服），忙着收钱、开票，而真正店里的员工，和小S一副毫不相干的样子。

这种情形很是奇特。

望着小S忙碌的身影，我揣摩着其中的答案。隔着玻璃看着工作间里那些身着工装的员工，他们与小S形成了一种巨大的反差。

　　小S让我感觉到，暗流在这个社会的每一个角落涌动着。

请轻轻地行使你的权利

2012年5月4日

（一）倒塌的前排座椅

高铁列车上，我打开电脑，在小桌板上工作了起来。突然，前排座位的仁兄放倒了座位，座位山崩地裂般地倒了下来。由于设计的原因，前排座椅和座椅后的小桌板之间存在着密切的关系。前排座椅的"倒塌"，差一点夹住我的电脑屏幕，好不惊险。无独有偶，我邻座的旅客也遇到了类似的情况。

（二）喋喋不休的仁兄

通道的一边，坐着一位操着蹩脚汉语的"绅士"和一位汉语流利的女士。

列车即将发车的时候，他们一前一后上车落座。从此开始,"绅士"便开始喋喋不休。应该说,他的声音充满了低沉的雄性魅力。可是,这个声音不顾包括我在内的大家是否在休息、是否在阅读,一直持续了四个多小时,依然毫无停顿一下的意思。

为了阅读、写作,我只好戴上耳机,并且调大音量,试图用优美的音乐屏蔽掉那算得上是噪声的声音。

(三)这个"上帝"意味着什么

不知道谁、从哪里将这句话抄到了中国——顾客就是上帝。这句据说是发明自外国的口号几乎是在一夜之间传遍了中国。

于是,这句话也成了许多人做顾客时为所欲为的充分理由。我们权且承认这句话的存在,尽管我在国外时从来也没有听谁这样说过,但是,如果问问国人这里的"上帝"意味着什么,我猜很多人压根儿没有思考过这个问题。

在熟谙等级制度、等级文化的人的眼里,"上帝",恐怕就意味着级别最高、权利最大,因而可以为所欲为吧。

然而,在西方的观念中,上帝意味着爱、智慧、拯救和关怀,而并非至高无上的权利和为所欲为。

如果国人理解了这一点,还会振振有词地争当上帝吗？

　　如果国人真正理解了这一点，那前排的座椅还会不管不顾地"倒塌"下来吗？那个邻座还会旁若无人地叽叽喳喳吗？那些餐馆里的食客还会趾高气扬吗？

　　请轻轻地行使你的权利。

如果没有精神和思想的制高点

2012年5月6日

我们这代人赶上了一个激情澎湃的年代——改革开放。想当年，田中角荣的《日本列岛改造论》、吉田茂的《激荡的百年史》、梁启超的《少年中国说》以及托夫勒的《第三次浪潮》等著作散发出的思想光辉深深地影响着我们这代人。

站在那个历史的节点上就会经常质疑：为什么欧美没有我们这样的社会问题？为什么日本的明治维新成功了，而中国的戊戌变法却失败了？

为什么？

赵越胜在《燃灯者》中引用了北大教授周辅成先生的一段话："英法联军能欺中国之弱（指火烧圆明园），秦始皇焚书坑儒是'立了功'的。"读到这句话时，深深感受到了历史的作用力。

试想一下,工业革命之所以发生在十八世纪的欧洲,我们能说这和十六世纪的思想文化运动、十三世纪的文艺复兴乃至更早期的希腊文明没有关系吗?

如果欧洲现有的文明与他们重大的历史存在因果关系,如果中国在鸦片战争中的失败是"秦始皇焚书坑儒立了功",那么怎样才能让中国人不输掉下一场"鸦片战争"呢?

一位哲学家说过:统治这个世界的是思想。

能保卫"圆明园"的不只是航母和原子弹,更是和世界接轨的科学、民主、公平、正义等思想和精神。

当代诡辩三部曲

2012年5月15日

经常听到别人辩论。不知道从何时起发现,人们的辩论很少可以在平等的条件下进行。于是乎,下面这些招数,就成了辩护一方最有力的防卫武器。

(一)"绝大多数是好的"

人们可以轻易地列举大量的且似乎是无可辩驳的事实,来说明现实中存在的问题。此时,"绝大多数是好的",就成了诡辩者经常用来逃遁的招数。

比方说,有人批评一种社会现象,诡辩者只用一句"绝大多数是好的"便可以结束讨论。

这便是,故意放大对方观点中的问题,进而引出一个错误甚至荒谬的结论,再用这种错误或者荒谬来证明自己是对的。

（二）"……也不是最理想的"

无论何种事物，相比之下，总有相对成功的案例。在信息技术高度发达的今天，人们很容易从古今中外找到可以借鉴的经验。例如，人们经常会说："这样的情况，如果在××国（或者××时代），会如何如何。"

这样的借鉴有时也会刺痛诡辩者。于是，诡辩者会立即用"××国（或者××时代）也不是最理想的"之类的说辞抵挡对方，从而淡化自己的问题。

这便是，故意放大对方例证中的不完美之处，用以否定对方例证中值得借鉴的地方。

（三）"理直气壮"

如果逃遁和抵赖都无法取胜的话，理屈词穷者就只剩下绝地反击了。此时，诡辩者就会经常祭起"理直气壮"的大旗，继续为自己辩护。

此时，声称自己"理直"的一方是否真的理直，实在不好评判，但是，"气壮"一定会表现得淋漓尽致。

文明往往就在"理直气壮"中倒退，真理也常常会在"理直气壮"前被践踏。

马克思为什么是德国人？

2012年5月18日

前段时间，我邀请淡江大学经济学院的教授来讲学。面对众多大学的盛情邀请，他说了这样一句话："没想到经济学在大陆这边这么受用。"

和他一样没有想到的，一定还有一个人，此人就是德国人马克思。我想，马克思先生活着的时候一定没有想到，他在中国的信众竟然已经多达几千万。

（一）远见的启示

一位朋友从美国回来，在简短的交谈之中，她提到了最近一次听到的学术演讲。此次演讲中，研究者对科学的远见给她留下了深刻的印象。她甚至都想不顾美国那边的习惯，向研究者求一份演讲文件的拷贝。

她说者无意,我听者有心。我就想到了那个困扰了我多日的问题:为什么马克思是德国人?

历史上的中国人有过远见吗?展望过历史、人类的未来吗?或许我们曾经的那片土地,难以孕育这种高深的远见?

(二)交往的价值

出于兴趣,买了一本《怪诞行为学——可预测的非理性》。

作者丹·艾瑞里将开篇写得很精彩。他在序言中写的一个小故事,让我深受启发。

这个小故事说的是他到处宣扬他的怪诞行为学说,就自然引起了争议。一位"逻辑先生"递上名片后说道:"你讲得很有意思,作为鸡尾酒会的谈资再好不过了。"

说实在的,我也如此认为。

不过,让我深思的不是他们那个争论,而是在鸡尾酒会(也如我们今天常见的社交场合)上应该谈什么。

一些重要的发现、重要的思想,在一种可以充分交流的场合被尽情地争论、充分地完善,无疑是我们"格物致知"理想的最佳体现。

而在"酒文化"盛行甚至被歪曲的聚会上,熟悉这种场合的国人一定知道,那时那地大家都在说什么、做什么。

于是，老马也只好选择有鸡尾酒会的地方了。

如果一个人信奉唯物主义，他一定坚信这个地球上会出现比马克思更加高明的人。

但是，那个比马克思更高明的人会出现在哪里呢？

为什么中国人不喜欢打领带？

2012年5月18日

时间进入二十一世纪，快速的经济发展极大地改善了国人的生活质量，也改变了国人的生活方式。

在快速推进现代化的过程中，我们有很多东西都是向西方学习，甚至就是全盘拿来的。可是，仔细看看，有些地方国人学习得很快，有些地方则是学得很慢。要说学得最慢的生活细节之一，恐怕就是男人着西装、打领带了。

君不见，满大街身穿衬衫西服的人，就是少了脖子上的一条领带。

客观地说，这样的着装和从前不分地点、不分场合、不分时间而千篇一律的着装相比，已经有了很大的进步。

但是，为什么国人不喜欢系领带？

要回答这个问题,就必须先把话题说得远一点。

首先我们想想,西装会给人怎样的感觉?正式、庄重、精干。看到穿长衫的人又会产生怎样的感觉?那应该是自然、随和和庄重。

国人喜欢平平淡淡和自然而然,而西方人则更重视形式,喜欢突出个性、彰显不同。某种程度上,领带不仅仅是一种装饰的东西,更多时候,它表示了一种尊严和自己内心对正统的那份敬意。

生活中缺乏了正统和庄敬,自然也就多了几分随意和"自然",衣着是不是这种内心的一种表现呢?

关于张衡和哥白尼的思索

2012年5月28日

要说到人类认知自然过程中的最伟大发现，一定不能漏掉哥白尼的"日心说"。要知道，这种学说在当时不仅挑战了人们根深蒂固的观念，还挑战了盛极一时的神权。

不管怎样，"日心说"这个伟大的理论还是被提出了，从而成为人类认识自然的一个里程碑。

而早在中国的东汉时期，有个叫作张衡的中国人就开始观天。因此，说到哥白尼时，不能不让人想起张衡。而且不禁要问：为什么是哥白尼（公元1473—1543年）竖起了这座人类文明的里程碑，而不是中国的张衡（公元78—139年）？张衡发明浑天仪并用它观天比哥白尼提出日心说早了近1400年，如果这1400年中，一代又一代的中国人能够延续张衡的研究，会有多少发现啊！然而，这一切都没有发生，这难道没有留下什么值得思考的东西吗？

在哥白尼那里，发现的目的在于解释自然，而在张衡及其后人那里，又做了些什么？又是为了什么呢？

不能苟同

2012年6月15日

报载,国人在某邻国的官方宴会上,发现肉食被当地人一抢而光。作者评论道:"生平第一次面对这样的场景,觉得十分荒诞。"对于这样的故事和评论,附和者甚众,而我却不能轻易地苟同。

我们从那样的时代走过来才几天?到国内那些仍旧贫困的地区看看,还会觉得发生在某邻国的事情荒诞吗?如果觉得那是荒诞的,就远离他们的道路,不要重蹈覆辙。

只立德，不立功

2012年6月25日

在中国古代，人们希望能够永远地留存于世，于是便提出了"三不朽"——立功、立德、立言。

为了让自己永垂不朽，多少古人奋勇争先，积极立功。

然而，今天我却不想立功。暂且不说"一将成名万骨枯"，如今，倘若没有生出三头六臂，凡人要想立功，要踩着多少人的肩膀啊？

听古人的话，也争取不朽，只是，将三不朽简化成二不朽——立德、立言。

坚决不立功！

理性的民族和非理性的民族

2012年6月27日

前几天，有媒体报道，瑞士全民公决否决了一项由工会提出的议案，该议案的内容是将公民带薪休假的时间从4周增加到6周。

瑞士的这个投票结果，让全世界大跌眼镜，更让国人吃惊不小。

瑞士人否决这项提案，自然有否决的理由：

"这样做会降低瑞士的竞争力。"

"反正总的工作又没有减少，休假回来还是得做那些事情。"

这些是瑞士国民否决上述动议的主要理由。

想想看，如果这样的事情发生在中国会如何？

类似的经验已经很多了。凡是关于价格（通常是涨价）的听证会，否决性的意见一定占多数。如果询问公民可以接受的价格，大多数人会选择最低价格。

显然，瑞士人从社会中看到了自己的责任，而反过来，则是努力把自己的责任推向社会。哪一种做法更为理性，应该是一目了然吧？

做你面前人的朋友

2012 年 7 月 19 日

电视片《到宇宙边缘去旅行》有这样一段场景：人类发射的一个名为"旅行者号"的太空探测器正在太空中旅行，这个探测器上携带了一张刻有地球上 55 种人类语言的问候用语，以及地球在太阳系中位置的光盘。

叙述到此，影片插进了这样一句话：

"我们真的希望外星人出现在我们的面前吗？出现在我们面前的，可能是朋友，也可能是敌人。"

这部影片提出了一个非常深刻的问题。

如果有朝一日，我们以"外星人"的身份在太空中旅行，并到达另外一个类似地球的星球，当我们出现在那里的"人类"面前时，我们将是他们的朋友，还是他们的敌人？

由此还可以进一步引申：当我们出现在任何一个人（哪怕是动物）的面前时，我们应该是他（它）的朋友，还是他（它）的敌人？

关于这一点，曾经的新大陆发现者们（实为征服者们）给出过答案。

我想，无论有些人多么不愿意，人类终将要走向和世界上的万事万物和谐相处的状态。人类面临的问题，只是能否把这个进程缩短一些而已。

世界上很多国家的人，因历史、宗教及文化等原因，已经或者正在和他们身边的世界万物平等相处、和谐共生。在那里，人类和自然、人类和人类是那样的和平融洽。自然界的动物见到人，已不再像惊弓之鸟一般。这样的社会和群体，已经为人类走向和平与和谐做出了榜样。

反之，那些总是首先假设对方是敌人、总是用敌视的态度去审视他人的人，注定会成为人类进步的障碍。

没有和平信念的民族，就不可能向宇宙中的其他民族发出和平的信息，也就不可能赢得真正的朋友。如果我们希望站在我们面前的都是朋友的话，我们就必须努力成为面前的那个人的朋友。

那些看上去气势恢宏的背后

2012年7月19日

前几天在西安的时候,朋友邀请我到大雁塔附近喝茶。

下了车以后,在那个叫作"大唐芙蓉园"的地方走了一小段距离。就这一小段距离,让我有了一些异样的感受。

大雁塔,始建于唐永徽三年(公元652年),为玄奘藏经之所,是西安历史的见证。

犹如家里陈设了一件唐代的珍品一样,西安因为有了这座塔,显得更具历史和文化。

然而,今天大雁塔周边的"大唐芙蓉园",那些铺天盖地的厚重的唐代风格建筑,却让期望中的恢宏显得那么局促。

再看看建筑两侧那些体量庞大的雕塑。

每座雕塑都有着夸张的尺度，仿佛是在和那些看似恢宏的建筑媲美争锋，不仅使得雕塑本身显得拥挤，而且使得整个建筑空间拘谨不堪。而雕塑中的人物，更是眉头紧锁、表情凝重，与其说气宇轩昂，不如说如同负重在身。

遥想当年的大唐盛世，百万人口的京城长安，有数万外国人居住，更有不少外国人身居朝廷要位。那时思想和文化的开放，使得当时的人们涵养出了一种大唐才有的风貌气象，迥异于秦朝兵马俑那般的横眉立目和虚张声势。

在一个可以望见大雁塔的房间落座，我一边和朋友喝着香茶，一边想：

如果一个人面对的是自己的一群朋友，或者是一群欢快自得的小鸟，他还用得着那么虚张声势或者气宇轩昂吗？

第三篇

超越现实的渴望

今天的人们更善于利用各种借口,来人为地制造人与人之间的差距。

超越现实的渴望

2012年2月15日

在这个世界上,没有哪一个民族没有英雄情结。

从中国汉代的李广,到近现代的抗日英雄,从欧洲的电影《佐罗》,到美国的电影《超人》《蜘蛛侠》《蝙蝠侠》,等等,都足以证明这一判断的可靠性。

说起人们对英雄的崇拜,应该源自多方面:对超越现实的渴望、对理想正义的追求、对邪恶势力的憎恨等,不一而足。

历史的车轮不知不觉走到今天,突然一日,一觉醒来的国人发现,中国已经一跃成为世界第二大经济体。对好大喜功的我们而言,这实在是一件可喜可贺的好事,毕竟,这在某种程度上实现了好几代国人的梦想。

然而,经济的快速发展给国人带来更多快乐的同时,人们的焦虑似乎也随之增加。比如，人们有了买得起汽车的快乐，同时却也有了出行的烦恼。生存环境日益严酷、竞争压力日益加大，也让人们开始迫切渴望一个个机会的来临。

可是，和当今国际社会处处提倡平等不同，今天的人们更善于利用各种借口，来人为地制造人与人之间的差距。不惜利用各种机会让自己在竞争中赢得主动，成为许多人行动的核心准则之一。

于是乎，人们寄希望于成为超越凡人的"英雄"，比历史上任何时期更对具有英雄般的力量充满了渴望，进而也把这种渴望转化成了对某种特权的渴望。

因为我有某种"特长"，就可以在高考中加分；

因为我有大城市的户口，就可以在就业中获得机会；

因为我爸是××，就可以胡作非为，甚至违法犯罪；

……

说到底，特权，尤其是以牺牲他人利益为代价的特权，实际是对道德和良知的彻底亵渎。

只想要英雄般的力量和征服的结果，而忽视英雄的操守和行为准则，这样的"英雄豪杰"，能让人民效仿吗？

集团利益优先

2012年2月16日

人生少不了大大小小的选择。在人生的不同时期，一个选择有时关系到一个人的一生，而选择的标准，是一个很重要的问题。

中国曾经历几千年的封建社会，一个封建王朝替代另外一个，周而复始。这一现象很容易引发人们的思考：究其原因到底是什么？

世界上恐怕没有哪个民族像中华民族那样热衷于"抱团"了。这种"抱团"，是指在选择面前形成利益共同体。或许，这是因为中华大地上出现过很多虎豹豺狼、自然灾害和外敌的入侵。为了抵御这些自然的或者人为的侵害，为了改造自然、安定家园，我们的民族更容易形成一股力量，团结起来维护"共同"利益。

从原始部落到夏商周形成封建礼教，更是有一股类似宗教的精神力量，成了人们做选择时的核心依据。"一损俱损、一荣俱荣"的价值观绵延不断，深深地影响着今天的人们。并且，不仅是对生活在中华大地上的国人，这种力量也影响着生活在海外的华人。

前几天在纽约遇到了一位祖籍中国南方的华人，短短相处后，他便告诉我："我们那里的人做生意，是你做你的，我做我的，互不打扰。可是如果你得罪了其中一个人，哪怕是吵架，我们也会全体过来帮他。"

短短数语，道出了那里的人们的生存法则和价值观念。我相信，这位海外华人一定和当地社会融合得不好，顶多只能走到某个群体的顶端，而一定不会走到社会的顶端，被其他人认可。我也相信，不是所有的海外华人都会如此思考，那些已经融入当地社会的人，一定有着让更多人接受的、超越的东西。

文明的进步和文化的交融，让人们有了更多的知识，明白了更多的道理，政治的、经济的、哲学的，等等。更高级和正确的价值观得以在有知识、有文化的人之间传播，从而影响这些人的选择行为。于是，就有人从盲目的封建的选择模式中挣脱出来，开始有了更高价值目标的追求，开始做出与以往不同的选择。进而，就有了深度的族群融合、社会融合和社会进步。其最终的必然结果，就是公正与平等。

一个社会里，有知识、有文化的人越多，社会文明传播得越广，整个社会就越容易做出正确的、符合时代发展的选择。反之，越不追求公正与平等，社会就越容易停滞不前，甚至倒退。

集团利益优先的核心思想是，集团利益等同于个人利益，并且一定与其他集团的利益水火不容。集团中某个局部利益受损，即视为个人利益受损，而这是绝对不可容忍的，必须加以维护。

这种集团利益优先的观念，看似维护了大局利益，实则维护了一种低层次的价值观，也将不可避免地导致集团逐渐走向衰败。

明哲保身

2012年2月16

　　中国虽然地域辽阔，怎奈人口众多，使得生存竞争日益加剧而且无处不在。

　　于是，八仙过海各显神通。其中一个神通，就是在竞争中为了抢占先机而使用"特权突围术"。有的人即使没有被社会认可的特权，也自己强加给自己一个特权，让自己暂时忘记道德、忘记法律，可以为所欲为一次。

　　如此一来，便有了一大群真有特权者和假有特权者，而且，一个比一个更加可恶。

　　特权，就像强盗手里的枪。很多时候，你弄不清这枪是真是假。当强盗把那个黑洞洞的"枪"口对准你时，你只能俯首帖耳。即使那个"枪"口没有对准你，你多数也会选择明哲保身，事不关己，高高挂起。

据说，当年鲁迅先生就是因为看到一部描写国人表情麻木地围观外国人屠杀中国人的影片，才决心放弃成为医生的理想，而改为拿起笔来唤醒国人的。

七八十年过去了，呐喊者早已逝去，围观者从麻木中警醒了吗？

没有正义和制度的保护，每一个人都可能成为下一个被"枪"口对准的人。

我们都应该去做正义和制度的维护者。

霸气外露

2012年2月17日

突然有一天，发现日常生活中经常出现一个词语——霸气外露。第一次引起我的注意，是因一部小说。在那部小说中，作者用这个词语来形容一款音响装置。当时就觉得自己实在是孤陋寡闻，而且极度缺乏艺术修养，否则，为何无论如何也想象不出来一组静悄悄放在那里的音响装置，怎么就"霸气外露"了？即便是这组音响装置能够发出天籁之音，也无法理解那就是霸气外露了。

后来，频繁地在媒体上、网络上听到、读到这个词。不过说真的，和第一次听到它一样——大不以为然。

要说霸气外露，体现在有些地方自是情理之中。比方说，如果一个国家在军事上具有"不战而屈人之兵"

的霸气，能让他国闻风丧胆，的确可以省去不少的麻烦。可是，如果在日常生活中，每个人的为人处世都变得霸气外露，那这个社会就有意思了。

经常看动物类电视片的人都知道，只有在最原始、最野蛮的动物世界里，才动辄采用所谓霸气外露的暴力这种最通行的语言。而在人类的文明社会中，人们已建立起许多非暴力调解纠纷、化解矛盾的方法。随着社会文明程度的加深，相信这些非暴力的方法会越发适用于各类场景。

随时随地向所有人展示自己最野蛮、最兽性的一面，是怎样的一种心态啊？且不说这霸气外露和我们东方人含蓄内敛的传统处世哲学完全相悖，一味地想表露自己的霸气，会给社会平添多少毫无意义的争执？

霸气外露如果频繁地出现在我们身边，只会让戾气无情地驱赶走原本那些可贵的宽容和温情。

真希望让霸气回到动物世界中去，让人世间的温情多一点，再多一点。

质疑他人的动机

2012年2月19日

一个人做了一件事,无论这件事从表面看上去是多么正确、多么彰显正义,置这些于不顾、一下子跳到反面从利益的角度去质疑他人的动机,是当下不少人的思维方式。

说到这里,不能不提及我们思维习惯中的两个重要特点。

首先,是善于妥协。遇到矛盾,不论谁对谁错,不问是非正义,而在第一时间试图寻找妥协的办法,是一些人惯常采取的策略。这种妥协,已经到了可以用放弃原则、牺牲个人利益来息事宁人的"自残"地步。

其次,是对生存世界的深度怀疑。这种怀疑,甚至可以到杯弓蛇影、草木皆兵的地步。或许是因为社会不足以保护每个人的利益,也或许是因为社会上有不少聪明的骗子、阴谋家和欺诈者,人们出于自保的需要,很容易怀疑任何一个人和事。我们用"小兔子乖乖,把门开开"的歌曲,提醒天真无邪的孩子们警惕"大灰狼"的闯入。对于世界的警惕,可谓是根深蒂固。

然而,深谙以上两个思维习惯的人,就会利用人们的弱点,壮起胆子行事:你不是喜欢妥协吗?我就用牛二(《水浒传》中的人物)的泼皮做法,和你死缠烂打纠缠下去,宁可背着牛头不认赃。你不是喜欢深度怀疑吗?我就把水搅浑,转移你们的视线,让你们先去怀疑那个质疑我的人,以便我谋求自己的利益或是找到脱身的机会。

种种事件表明,一些人的上述伎俩频频奏效、屡试不爽。善良的人们开始怀疑那些质疑者的动机,而忽略了是否有人失德在先,忘记了那些失德者对社会造成的恶劣影响。

在这里,不是想指责那些善良的人们试图平静自己内心的美好愿望,但是,认清那些试图利用善良者们来开脱自己的过失或者罪行的伎俩,实在非常必要。否则,不仅本该磊落行走的社会正义和社会良知会受到羁绊,人们也会在不知不觉中成为恶人的帮凶,以至于到头来害人害己,每个人都难逃成为受害者的厄运。

人格分裂症

2012年2月19日

"你有病！"

"你才有病！"

这是我们日常生活中经常听到的吵架时的对白。从这个对白可以看出，没有人愿意有病，更不愿意被人指责有病。因此，如果有人说："请你得病，否则你将长不大。"就更是天下奇闻了。不过遗憾的是，如果你要长大，你往往必须得病，或者说经常会得上一种病——人格分裂症。

从心理学的角度分析，一个人扮演多种社会角色，因而表现出多种人格状态，并不是特别奇怪的事情。但是，千万不能把这种现象视为正常。因为，在一个良好的社会环境里，你能看到每个人在不同场合的人格表现其实是比较统一的。而在一个病态的社会环境中，人就像俄罗斯作家契科夫的小说《变色龙》里所描述的巡警奥楚蔑洛夫一样，在不同的社会对象（比如具有不同职位的人）面前，表现出不同的人格。有人讽刺地形容这是一种"爷孙人格"，即根据对方的社会地位，表现出不同的人格。在普通的人面前表现得像"爷"，而在"高贵"的人面前，则甘愿当个"孙"。

美国曾经有人做过一个实验：把学生分成两组，一组充当监狱的警察，而另一组扮演犯人。没过多久，实验的组织者发现，两组学生的人格均发生了改变。面对这个可怕的结果，实验的组织者不得不紧急中断了实验。

由此可知，人之所以会形成不同的人格，和社会环境有着密不可分的关系。社会环境的变化会慢慢造成人格的变化，而这其中，必定伴随着感情和利益的倾斜。

每当我们外出办事，看到一张张冷冰的脸时，我们面对的就是一个又一个人格分裂症的患者。事实上，他们既是社会不公的实施者，也是受害者。

黑格尔说：存在即合理。

那么多的人格分裂症患者堂而皇之地出现在我们的社会中，特别是一些公共服务性行业中，一定是有什么需要改变的地方。

红酒兑苏打水

2012年2月25日

一个时期以来,社会餐桌上流行起一种饮酒方法——红酒兑苏打水。据说对身体有怎样的功效,因而风靡一时。至于这种"鸡尾酒"(我权且称之为"鸡尾酒")的发明者,就众说纷纭了。

虽然我不太懂红酒,更不懂"鸡尾酒"的文化,但是,我去过大山深处的名酒酿酒厂,大体知道酿造红酒首先要严格挑选原料,然后经过精心的发酵过程和复杂的加工工艺,再将酒装入橡木桶,最后放入建在原始森林中的酒窖里自然"熟睡"。那些在酒窖里日渐成熟的红酒,着实是大自然的恩惠。

红酒"熟睡"到了一定年头,出厂灌装前,还需要由调酒师进行勾兑。每一批酒的味道、质量都取决于勾兑大师的鼻子和舌头。正因如此，没有两批酒的味道是一样的，甚至没有两桶酒的味道是一样的。

想想看，勾兑大师精心调制的红葡萄酒，本来期待着人们用心品尝，结果竟被掺上苏打水一饮而尽，他会是怎样一种心情？他也许会欲哭无泪地问："是谁发明了如此没有文化的饮法？"

红酒兑苏打水，实质上是当下一种文化现象的反映。

红酒算是一种舶来品，苏打水也是一种舶来品，两种舶来品被如此结合到了一起，恐怕让它们各自的发明者和制造者都始料未及。

红酒兑苏打水，看似有些创新的意思，实际上却是一种随心所欲。尽管古人也说"从心所欲"，但是两者截然不同。前者是毫无根据的随心所欲，而后者则是在道法自然的基础上从心所欲。从某种程度上说，红酒兑苏打水是当下时代的一个缩影，是随心所欲的一个标志。

我们以城市建设为名，不顾历史文物保护、自毁文明的行为中，有没有"红酒兑苏打水"的意味？

我们诸多所谓的文化建设，有没有"红酒兑苏打水"的影子？

如果红酒兑苏打水能够带来社会文化的进步，那我们就应该坚持和推崇。然而令人遗憾的是，这些随心所欲的行为并没有获得什么如期的收效。

如果说历史名人故居被拆除是"红酒兑苏打水"，大家一定不以为然。但是，谁能否认那些行为是源于我们缺少文化自信、轻视自己的历史呢？

如果说云南大旱、鄱阳湖干涸是"红酒兑苏打水"，大家一定不以为然。但是，谁能否认自然的改变和我们人类随心所欲的行为息息相关呢？

"红酒兑苏打水"的流行终将退去，只能当作后人饭后茶余的笑柄。

逃离苦难

2012年3月6日

今天的中国是从一个苦难深重的社会里走出来的，为了摆脱苦难，人们想出了各种各样的办法。

想起了小时候的社会进步过程。

开始，家家户户做饭都是烧煤。然后，不知是哪一天，煤，换成了煤气（煤气罐）。不过，煤气是父母所在单位的一种福利，而不是生活在这个城市的每户居民都可以享受的。又不知道哪一天，家里有了暖气。当然，起初时，暖气也是所在单位的一种福利，并非城市居民人人都能享受。

社会财富和社会福利根据新的等级、行业之类的差别，被一层一层地分配下去。只是，从城市规划、建设的角度来看，这一切都留下了浓重的"权宜之计"的色彩。

就像煤气、暖气的普及过程一样，一些人"率先"逃离了苦难。这些人以那些还在挣扎的人作为参照，为自己感到庆幸。"反正我已经……"，就成了很多已经逃离了苦难的国民的心态。

人们似乎认同了自己本来就应该如此，认同了某些阶层的人本来就应该那样，认同了差异、认同了麻木、认同了苦难。否则，罗中立的油画里就不会有那个蜷缩在命运角落里的父亲形象。

我们认同了一种逃离苦难的规则，这种规则让我们接受了所有结果。所以，我们便无心去帮助他人，也有了安慰自己良心的借口。

不能麻木，需要在平等中集体脱离苦难。

非独立人格

2012年3月6日

一个人生活在社会里,自然会和这个社会建立起千丝万缕的联系,也自然会有自己特定的"人脉"。但是,如果一个人的人脉在公众舆论里成了他的社会"头衔",例如"×××的儿子(女儿)""×××的孙子(孙女)",此人也常以此"头衔"自居,那就很有意思了。

这些头衔,犹如人的美丽的衣着。一个人之所以看上去光鲜耀眼,一定是因为他／她的身上有着某种出众的东西,气韵、相貌、身材、衣着,等等。这一切,构成了人的整体形象。但是,真正支撑其特质的,是气韵、是内在。衣着,只能起到一定的烘托作用。

在日常生活中,我们会发现一个有趣的现象,如果一个人的内在空虚,则不管他／她的衣着有多华美,也无法增加其气韵和魅力，举手投足和言谈之间，贫乏和浅薄便会暴露无遗。而这些人，往往又看不到自己的空虚和贫乏，总是想方设法用衣着来拼命掩饰和弥补。于是，出现在人们眼前的他们，总是花里胡哨的，给人以乱花渐欲迷人眼的恍惚感、错乱感。

一个具有社会意义的人，一个在公众视野里具有影响力的人，应该是以自己独立的思想、人格和价值挺立于世呢，还是应该以非独立人格的方式，寄生在他人的光环下狐假虎威地活着呢？这原本不应该是一个在现代文明社会中还要讨论的问题，却频繁地出现在我们的生活当中，实在值得反思。

家长拦路现象

2012年6月9日

一年一度的高考结束了。媒体纷纷开始盘点高考这几日里，国人种种与平日不同的表现。打开某网站关于2012年高考的专题网页，赫然出现了这样一条新闻——江苏考生家长因护考拦人拦车与路人冲突。

报道的内容颇为引人瞩目。通过那些对话，可以看出考生家长和无辜路人的心态。无论从哪个角度来看，都是不正常的状态。

细细想来，谁给了家长们拦路的权利？

应该说，国人对高考给予了极大的关注和理解，这些理解通过各方面表现出来：很多地方为了配合高考，采取了各种保障、限制措施，甚至影响了普通群众的正常生活。

然而在一些人眼里，国民的理解却成了对自己心安理得享受特权的默许。于是，考生家长中的一些人便毫不客气地行使起了自认为被授予的特权，高考期间家长自发拦路的行为就是例证。

面对这种滥用权利的行为，自然有人站出来反抗。听着某些考生家长反复叫嚣的"看我不揍你"，真想问问那些家长，你是否准备对孩子说："孩子，今天的高考环境，是爸妈帮你打出来、骂出来的"？

因迟到引起的下跪

2012年6月9日

今年的高考期间发生了这样一件事：因某个考生迟到两分钟，其母三次下跪，但考生仍被拒进考场。

对此，大门里面的当事保安一定有说辞：奉命行事。保安背后的主管肯定也有一套说辞。

没有人会在乎，一个备战了很久的孩子，就因为这两分钟，需要付出多少代价。一位母亲，竟放下做人的尊严，三次下跪。

当整个社会都在帮助考生顺利完成高考的时候，却有人表现得如此冷漠！发生这种事情，实在令人发指。

我们不禁要问：是谁给了这个保安（或者他背后的主管）阻止别人参加高考的权力？！

只要是人，就有可能出现过失。如果一个人能坦诚地面对自己的错误，积极地挽回并请求原谅，为什么不能给他一个弥补错误的机会呢？

记得在日本也曾听说过类似的事情，当时的对策是：另外安排一个房间，让考生先完成考试。

我们为什么做不到？

打群架

2012年6月15日

《齐民要术》是北魏时期贾思勰所著的一部综合性农学著作。书名中的"齐民",指平民百姓。"要术",指谋生方法。

孔子在《论语·为政》中讲:"道之以政,齐之以刑,民免而无耻,道之以德,齐之以礼,有耻且格。"

当下的"齐民要术",是孔子所讲的"齐之以刑""齐之以礼"的那个"齐"。

——题记

打群架,是社会上的一道"风景"。在原始社会里,人们为了战胜对手,往往诉诸武力,为了毕其功于一役,甚至经常动员全族群的力量。

现在，这种克敌制胜的方法，在法律的阳光照耀不到的地方，甚至是大庭广众之下仍然屡见不鲜。

打群架，是一种解决问题的方式，也是一种思维习惯、一种文化糟粕。它可以被引申为利用某种没有直接关系的武力，而不是根据事物本身的是非曲直来获取胜利，特别是这种力量在数量上占据优势的情况下。

前几天参加一个城市群规划的项目会议，主管副市长在台上振振有词地说："如果不整合我们的力量，发挥城市群的优势，我们就不能在竞争中取胜。"

一座城市的发展本有它自己的规律，不能脱离自然禀赋而奢谈发展。否则，要么会花费巨大的代价，要么就会受到自然的惩罚。

然而，副市长的话道出了一个事实，当下，我们正处在一个"打群架"的竞争时代。

以争取一个"项目"立项为例，常常需要吹出一个硕大无朋的气泡或者是编造出一个令主管部门和其他人都无法拒绝的理由。要做到这一点，最简单的办法就是像一只受到攻击的青蛙那样——拼命膨胀自己的身体，做出一副不可侵犯的样子，最好还能拉上几个人壮壮胆，"捆"出一个巨大的体量再去竞争——打群架。

这种现象在大学里也不例外。科研课题的获取、学科的评估以及各种"××计划"，哪一个不是靠组织一个庞大的团队才获得想要的结果的呢?

打群架是野蛮文化的遗风,也是社会制度存在漏洞的体现。试想,如果每个个体的问题都可以通过道德、制度和法律得以解决,还用得着打群架吗?

打群架的现象普遍存在,说明道德、制度以及法律的什么地方出了问题。如果连我们的科学家们都把很多精力用在打群架上,实在让人担心不已。

只有杜绝了打群架的现象,国家才是真正走向了文明。

挤车现象

2012年6月15日

在当下,乘坐公共交通工具是需要一些胆量和体力的。君不见公共电汽车或者地铁的车门一开,乘客不分男女老幼纷纷抢占座位,那场面实在不雅。有些原本登不上车的人,就那么紧临车门站着,硬是要挤上这班车,仿佛错过了就再也没有下一班了似的。

说真的,这也怪不得挤车的人,或许是生活的经验告诉他们,赶上车和赶不上车的差别巨大,必须及时赶上人生的每一班车。

就拿大学来说吧,为了促进我国高等教育事业的发展,国家先是启动了"211工程",让很多大学为此躁动了一番。等尘埃落定,搭上"211工程"这班车的大学的所谓优势开始显现。后来,国家又启动了"985工程",

进入"985"名单的大学更是风光无限。今天,就连"引进人才的第一学历(即本科学历)必须是'211'或者'985'大学"这种硬性规定都常赫然纸上。结果就是,如果不是毕业于"211"或者"985"大学,学生一出校门便失去了很多机会。

正是因为这些前车之鉴,国人对任何驶来的"公共汽车"都不敢掉以轻心,都不得不拼尽全力地挤上去。于是,为了挤上这样的"公共汽车",人们恨不得使出浑身解数,那场面绝对不会比文章开端提到的更加好看。

特别是关系到个人切身利益的时候,更是非同小可。其中的奥秘,哪里是几句话说得清楚的。

挤车现象的产生,既是乘车者的心态使然,也有组织者规划设计的问题。试想一下,如果公共汽车一辆接一辆地驶来,如果每个人从小就生活在秩序井然的环境里,还会有这么多的挤车现象吗?

说到底,公平、长期坚持公平,才是彻底消除挤车现象的根本手段。

第四篇

回家的爸妈

当我把老爸老妈送回那边的家,看到他们回家后那种安然的样子时,感到老人回到自己的家、自己的窝,竟然是如此放松。

病中絮语

2012年1月5日

健康的时候，从来没想到卧床是如此无聊、如此疲惫。

为了打发卧床的难挨时光，看了部日本电影《铁道员》。就是这个普通得不能再普通的故事，小说原作获奖不说，由原著改编而成的电影更是获得了日本多项电影大奖，主演高仓健也因此片荣膺1999年第二十三届蒙特利尔国际电影节"最佳男主角"奖。这个普通的故事，给我留下了许多值得回味的东西。

（一）故事梗概

由高仓健主演的《铁道员》讲述了一个工作在北国火车小站、铁路的尽头——幌舞站的站长佐藤乙松的平凡故事。乙松一生热爱铁路，从火车司机一步步成为站长。为了工作,他没能陪着妻子把病重的女儿送去医院,间接导致了女儿的死亡。为了工作,他没能陪患病的妻子去医院医治,妻子也早早地离世。乙松因此而成了鳏夫。

随着当地矿山业和林业的萧条以及人口的老龄化,这条铁路的废弃进入了倒计时。与此同时,乙松也进入了退休的倒计时。老友仙次为了适应这种变化,在附近的一个度假地找到了一份类似服务员的工作。

仙次因为多年的交情,专程来到幌舞规劝老友,并声称愿意帮忙安置,在新的工作地为其谋取工作机会。

即便如此,乙松毫不动容,丝毫没有要离开的意思,而是执意要把热爱的铁路事业进行到底。

在给晚辈的电话中,他道出了自己的心声。原来,是他爸爸曾经教育他,铁路支撑了战后的日本经济的发展,必须要献身铁路事业。

这也是他作为第二代铁路人,羡慕仙次家可以有三代人从事铁路工作,而自己的家族只能在第二代就戛然而止的原因。

老友仙次也没有能够说服乙松,小站幌舞只剩下了孤零零的乙松。

最终,人们在大雪纷飞的站台上,发现了倒在地上的乙松。

（二）精神的领悟

随着经济的发展、价值观的演化，为了谋生这个堂而皇之的理由，人们对信仰、信念的理解也在发生变化。

影片中的乙松面对即使没有一个乘客的列车，仍然一丝不苟地发出"信号正常""（火车的）后部正常"等口令，并做出相应的规范动作。

面对即将废弃的铁路，面对现实生活的压力，乙松依旧坚守着自己的工作，抱定一个宁可铁路负我，我绝不负铁路的信念。

乙松是一代日本铁路人的代表，也是战后一代日本人的代表。

或许，正是因为有了"乙松"的这种信念，才有了一个只有一亿两千万人口、自然资源稀缺的小国，成了岿然屹立于世界民族之林的经济大国的奇迹，才有了今天这样一个和谐稳定的日本社会。

在这个日新月异的时代，这种信念只能去那个被厚厚的积雪覆盖的、遥远的铁路尽头的小镇寻找了。

（三）艺术魅力

● 银色世界

故事上演的舞台是北国小镇——幌舞，那是一个冰雪的世界、银色的世界，预示着生存环境的严酷，也象征着生命力的顽强。

故事的大部分，是在冰天雪地中推进的。当列车疾驰在被厚厚积雪覆盖的铁路线上，当火车的汽笛声回荡在银色的群山当中时，人们的心便会立即远离尘世的喧嚣，回归宁静。

厚厚的积雪，反衬出室内的温暖和安详。或许，正是这种安详，才让人有更多的时间使自己归于平静。

● 无声的语言

影片中饰演男主人公的日本演员高仓健，被著名导演张艺谋称为"唯一会用背影说话的男人"。

在本片中，高仓健依旧是木讷寡言，经常一副冷峻男人的表情。很多场景中，他都是用寡言甚至是沉默回应别人。缓慢的剧情节奏和极简的对白，也为观众解读剧中人的内心世界留下了空间。

● 方言的运用

剧中很多演员都说着地方方言，甚至就连片名"铁道员"的发音也是采用北海道的地方方言，观众听起来自然十分亲切。

回家的爸妈

2012年1月7日

病中的我正在家休息,电话铃突然响了起来,哦,是老妈打过来的。

"是我,我在这边了。"妈叫着我的小名,笑盈盈地在电话的那一头说。那口气,好像藏猫猫的小孩一样,不无轻松愉快。

妈是以买菜的名义外出的,结果,现在却出现在电话那一头的家中。

让老爸接电话,妈对爸说了那边今天暖气很足等一些闲话。

前几天,老爸说起胃不大舒服,和每次一样,老妈又张罗着要带他去医院打点滴。在他们眼里,似乎只有打点滴才可以最快地治病,甚至可以说是生病时唯一的解决之道。

考虑到冷空气来袭,他们居住的房子室内温度有所下降。当时,我就决定把他们接过来一起住几天。一是我这边似乎更暖和些,二是帮助他们调节一下心情。

我的策略似乎奏效了。爸爸一到我这边,再问起他胃的感觉时,所有不适的症状都消失了,全家人也都松了一口气。可是没过多久,问题又出现了。

晚上,已经躺下多时的老爸颤颤巍巍地起来,说脚痒难耐,要烫烫脚。二话不说,帮老人弄好水,烫了一下脚,老人这才回到卧室继续睡觉。

第二天一大早,我打开卧室的门,发现老爸穿着衣服直挺挺地躺在沙发上。原来,一向早起的爸妈担心影响我们休息,不仅整个早上动作轻手轻脚,而且干脆取消了很多活动,现在正干躺着等我们起床。

再问问他们昨晚是否睡得还好,都回答说:"睡得不好。"原来,爸妈在那边的习惯,不仅是一人一张床,而且是每人一个房间,睡觉互不干扰。现在,他们为了不影响对方睡眠,就连翻身都小心翼翼,因而也影响了自己的睡眠。

到了晚上,老人吃过晚饭后便早早告退,回到自己的卧室,说是休息了。但能明显地感觉到,他们只是为了不和我们争看电视。任凭我怎么说"没关系,你们该干吗就干吗。"老人依旧最大限度地减少和我们在一起时对我们的影响。

再就是，老妈总是说手头需要的东西都在那边，总是找借口回到那边去拿东西。这不，本来只是去靠近那边的自由市场买肉，结果是又回到了那边的家。似乎他们商量好了，以买菜之名，行回家"侦查"一下之实。

既然老妈"侦查"的结果是房间的温度已经没有问题，既然老人如此执着，也确实担心他们因为休息不好而生出病来，只好答应了他们回家的要求，把他们送了回去。

当我把老爸老妈送回那边的家，看到他们回家后那种安然的样子时，感到老人回到自己的家、自己的窝，竟然是如此放松。

也许，让他们过着舒服的、没有任何压力的生活，才是对他们最大的尽孝。

双亲的幸福节约生活

2012年1月11日

前些日子把爸妈接过来生活了几天，可是仅仅两天，老人就找出各种理由回到他们自己的家了。个中原因主要是生活习惯的差异。尽管这些年爸妈已经改变了很多，但还是有一点丝毫没有改变——节俭。

从那个时代过来的人，差不多都很节俭，爸妈也不例外。在他们的意识里，生活总是危机四伏、朝不保夕。因此，在他们心中，节省每一个"铜板"留给后人都是极有意义的。他们宁愿减少自己的需要，去节省每一分钱。而他们似乎永远也想象不到，即使他们一个月不吃不喝，节省下来的钱恐怕也不够今天的人一顿饭的开销。

不管怎样，他们节约着，并因为节约而快乐着。

只要他们快乐，就好。

（一）吃饭

爸妈生活上的节俭首先表现在吃喝上。刚来的时候，老妈炒菜总是缺油少盐的。老人少吃一点盐，对心血管的健康是有益处。但是对于长期便秘的老爸来说，过于清淡似乎又加剧了便秘的痛苦。

于是，多次建议老妈炒菜的时候适当多放一些油，而且，尽量每餐都有一点荤菜。这样的建议多了，情况也就逐渐改善了。

二老舍不得浪费每一粒米，就连菜盘子里的剩汤也不放过，总觉得吃到肚子里了才不算是浪费。于是，每顿饭的最后一道程序，都是把米饭倒入菜盘子里，最后连同菜汤和米饭一起吃下去。

每到周末，我总设法带着二老外出就餐。一是带他们出去转转，二是改变一下口味。可是，一开始二老对此很有抵触。尽管他们的理由是在家里吃饭舒服，但是其中原因我明白，能够感受到他们在看着我们点钞付账时的心疼与不舍。

慢慢地，随着外出就餐的次数增加，二老逐渐习惯了餐馆的价格。但是，如果有没吃完的饭菜，他们是绝对不会弃之而去的。为了不让他们心疼，也不让我们自己心疼，剩菜总是打包了之。

和二老在一起生活，不知不觉地养成了节省的习惯。因为，与其让他们心疼，不如大家都节俭，与其让他们吃剩下的饭菜，不如自己吃了。

（二）用电

为了节省用电，二老非常会利用日光，尽量少开电灯，少利用电器。经常会看到老人追逐着日光，在窗前看报、做事的情景。在他们看来，哪怕是几瓦的节能灯，也是在飞快地"烧"着钞票。

因为用水量的关系，我们一般都用电烧水，现喝现烧。但在二老眼里，天然气比电更便宜。所以，他们会尽量用天然气烧水，保持着传统的习惯。

（三）用水

在二老眼里，水管里流淌出的不是水，是白花花的银子。每次洗衣时，他们总是要把洗衣机排出的水都接起来保存，尽管那样做非常费力费时。这样一来，家里的接水器具不断增加。很少有洗衣服的水成为漏网之鱼，白白被"浪费"掉。

到了冬天，家里热水的需求量增加。二老想出了一个节能的好办法，那就是将水灌入塑料瓶里，再把这些塑料瓶放在暖气片上加热。于是，每个房间的暖气片上，都有大大小小的装满水的塑料瓶，瓶子上还盖了保温用的小"棉被"。每个水瓶的容积太小怎么办？不用着急，有那么多的暖气片可以利用，需要的时候，总有热水用。这样做的结果，的确节省了燃气热水器的消耗，因此也减少了碳排放。

（四）其他

现在的商品被过度包装的现象很普遍。每次买东西回来，总是附有层层的包装。小区的院子里有一个常驻的回收公司人员，爸妈就不停地收集手头上可以回收利用的包装箱之类的东西。攒够了一定的量，就把回收公司的人叫来，一并拉走。尽管回收的价格一跌再跌，但他们却心满意足，收获了不少愉快和欢喜。

哦，我年迈、节俭的双亲！

半途停笔的感慨

2012年2月1日

本想写一篇关于生命演化与文明演化过程带来的启示的小文,但是,写着写着便写不下去了。

先说一下这篇小文的构思。

通过了解地球上的生命演化过程而引起系列思考,梳理"四大文明古国""五大文明古国"及其文明消亡与存续的历史,由此从自然物种和人类文明的灭绝与延续的规律中找到一些启示。

可是,随着我对所谓"四大文明古国"的探索的深入,发现了越来越多的问题。而这些发现,强烈摇撼了我对一些问题的认识,进而推翻了我之前的一些构想。

于是,不得不停下笔来,重新审视最初的构思。

"四大文明古国"的提法是否科学?

"除了中华文明之外，其他文明都已经消失"的说法是否可靠？

在很容易沉浸在文化自慰氛围中的当下，我不得不重新审视如今充斥于书报典籍的关于历史的种种说法。

历史就是历史，事实就是事实。

生活的花絮

2012年2月18日

（一）蓝色的彩门

好像是坐在一辆奔驰的汽车里，簇新的公路上，矗立着一道彩门。

彩门的框好像是用松木搭成的，上面还装饰着松枝。彩门的周边写着字，而写字的地方，用天蓝色的东西装饰着。

彩门上好像写着"××大学"的字样。

它似乎预示着，跨过彩门，就进入了这所大学。

这里又不是大学的地方，怎么会在这样的地方搭起它的彩门？

看着这一切，心中好生奇怪。

（二）小花怎么了？

给鱼缸里的鱼投喂饵料的时候，发现小花一反常态，没有立即浮出水面来抢食，而是沉在缸底一动不动。

打算观察一下，看看它会怎样。

第二天换水的时候，发现小花有了一点活力，但是依旧不是那么欢快。投下饵料，它好像根本不感兴趣，不紧不慢地待在水底，那样子好像是眼睛、耳朵以及鼻子都出了问题。

再看看它，游动的时候，也不再浮到水面上来了。

这样，漂浮在水面的饵料自然就和它无缘了。

小花怎么了？病了吗？

不免忧心忡忡。

走着走着（外两篇）

2012年2月20日

（一）走着走着

记得小的时候，总是和很多小伙伴一起玩。然后就是工作、上大学、工作、出国、回国、再出国、再回国工作，其间不停地变换生活的地方，不停地变换身边的人群。

雁过留声。每一次回到从前的地方，总有被直呼姓名甚至是小名的时候，总有一下子想不起来对方的姓名，甚至想不起来在哪里见过对方的尴尬的时候。

走着走着，身边的小伙伴越来越少了，最后，能经常联系的发小，也不过那一两个人了。

走着走着，像年轻时候那样可以直呼其名、坐在一起品茶的人没有了。身边的朋友慢慢减少，是因为自己关闭了心灵的大门，还是大家都关闭了心灵的大门呢？

(二) 拒绝

助手告诉我,合作伙伴要求修改合同,并且要求立即提交成果。我告诉助手:"让他和我联系。"

周一,对方的电话来了。等对方说完想法,我说道:

"到目前为止,尽管我们还没有签订合同,但是,我们完全按照之前当面商定的事项尽到了我们的职责。

"我们已经充分考虑到了你们的困难,没有任何附带条件地超前履行了我们的约定。因此,无论是从友谊的角度,还是从责任的角度,我们都没有问题。

"我们不能接受'因为他们不和我签合同,所以我也不能和你签合同,因为他们不给我钱,我就不给你钱'这样的逻辑。这里毕竟是大学,我们还没有沦落到为了这一点利益,就可以接受你这个逻辑的地步。

"如果我是你,别人对我怎么样是一回事,我对你怎么样是另外一回事。只要是我对你承诺的事情,哪怕砸锅卖铁,我也得兑现。"

如果对方一定要我们接受这样的条件,那只好让他另请高明了。

(三) 规劝

一位退休的大姐来到我的办公室,处理完一些事情后，她说起了一个对学校的诉求。总体来说，她提出了一个不符合惯例的请求，这个请求会引起一系列后果，因此学校便拒绝了。前几天就听说，大姐还一直坚持她的诉求。今天，她又重提此事。对此，我规劝大姐：

"我建议你放弃这个请求。

"第一，你没有受到不公正的待遇。第二，你没有任何损失。第三，你已经退休了，那一点点钱，给了你不至于让你发财，不给你也不至于让你破产。不如留下一个好的念想，等你闲时回来学校，大家见面还能有一个愉快的氛围。"

看得出，大姐要放弃她的诉求了。

戏剧般油画的命运

2012年2月23日

我们这个年龄的人,大多都记得当年轰动一时的一幅油画——《父亲》。看了一个电视片,才了解了这幅油画及其作者充满传奇的命运。

(一) 素材

在无数的素材当中,一个深夜守粪的老人给作者罗中立留下了深刻的印象。那是一个大年三十的傍晚,一位老人,为了防止一池粪便被偷走,不顾寒冷、不知疲倦地蹲守在一个公共厕所的外面。

要知道,在化肥十分紧俏的年代里,那一池粪意味着明年的丰收,因而算得上是一笔不小的财富了。

老人的背影,和从家家户户飘来的年夜饭的味道形成了鲜明的对照,深深地印刻在了罗中立的脑海里,也被他记录在了素描的草稿当中。

(二)灵感

"文化大革命"刚刚结束,百废待兴,可以被借鉴的美术资料很少。罗中立从当时的一本《国外美术》杂志上,得知西方有一种画派,运用超精细绘画的方法,画出的作品比照片还要精细。从简短的信息当中,罗中立一下子找到了自己绘画的灵感。灵感迸发,罗中立高兴得手舞足蹈,并立即投入到了绘画当中去。

温雪

2012年3月18日

今晨，一觉醒来时，发现窗外一层淡淡的白色，透过厚厚的窗帘映进了房间。

莫非是下雪了？

拉开窗帘一看，果然。昨晚的春雨，不知何时化作了一场瑞雪，把外面装扮成了银色的世界。

目之所及，好一个素装玉琢的世界。只是雪太小，到处是淡淡的一片银白。这淡淡的银白，却恰到好处地勾画出了一个水墨画般的黑白世界，如烟霭一般迷人。

就在我眺望的须臾，一抹温柔的阳光从东方照射过来，使得刚才的银树琼枝，慢慢变成了鎏金玉树。

春日里的雪，已经没有冬日的威严，带上了几分温柔、几分妩媚，不禁让人迷醉。

风中的日落时分

2012年3月24日

进到宾馆房间里,已是日暮时分。

八楼,大大的窗前没有任何遮挡,窗外的世界一览无余。

这是一个周末,会议刚刚结束,没有急需处理的事情,难得如此宁静,如此从容不迫。

烧了开水,沏上一杯茶,把窗边的椅子调转180度。面对着窗户,面对那夕阳余晖中的世界,心绪静静地跟随着时间流淌。

从早上开始刮起的大风,此刻余威尚在,不时呼呼作响,大有再次横扫大地之意。

大楼的脚下有一池清水。此时,远远俯瞰下去,池水透明而湛蓝。大风不停地吹皱着水面,荡起的波纹从此岸扩展到彼岸。

远处，是在黄沙笼罩下的村庄。黄沙中，村庄仿佛被蒙上了一层薄薄的纱帐，如同传说中的混沌世界。村庄的边缘，是一些只剩下残垣断壁的拆迁房屋，零落而凋敝。

眺望着风沙中的村庄里迷离恍惚的房屋，想象着此刻房屋的主人在听着这肆虐的风声时，会是怎样一种心情；想象着生活在小屋中的为了生计而奔波的人们，在这个周末的黄昏，应该是怎样一种状态。

更远处，是朦胧的山峦。夕阳的余晖中，它们宛若画家笔下的山水水墨，若隐若现、依稀可辨。

夕阳，在我的呆望中缓缓西下，四周，在冥想中渐渐变暗。

你们还都好吗?

2012年4月4日

老妈一来,就在厅里面叫我,说:"你看小鱼怎么了?"

我过去一看,只见那条叫小花的鱼侧着身子,躺在鱼缸底下,不时挣扎着试图保持身体的平衡,其状痛苦万分。

小花得病了。

一开始,是郁郁寡欢地待在鱼缸底部,不像从前一样,一见到我给它们喂食,就兴高采烈地冲到水面。

接下来,就发现小花的肚子一天天不规则地胀大起来,而且,尽管小花稍微恢复了一点活力,但是依旧不如从前那么欢实。显然是一种病态。

不谙养鱼之道的我们,只能束手无策地看着小花一天天衰弱下去。直到今天，小花已经到了挣扎着保持平衡的境地。

可想而知小花接下来的命运。实在不忍心看着小花的生命就这样结束在我的手里。于是，决定将养了三年多的小花和它的另外一个同伴一起放生，一切任凭它们的造化。

端着盛着它们的鱼缸，来到院子里的池塘边，随着倾倒的水，扑通、扑通，它们落入池塘里。小花很快沉入了水底，而它的同伴，则游到一块大石头附近。我把手里的最后一点鱼食撒向它们头顶，希望它们能够再像从前一样游上来觅食。但是，没有。它们一定是因为陌生的环境而感到糊涂了。

若干天后，我一直惦记着小花和它的同伴还好不好。

老屋所感

2012年4月17日

前几天，突然接到旧友来电，说爸妈从前的工厂要采集退休人员指纹、图像等信息，而且有非常严格的时间和条件限制。一直说着想回老屋的爸妈，这下有了十分充足的理由。于是，准备回老家老屋的计划不得不迅速提上日程。

周日一大早，陪着步履蹒跚的老爸老妈踏上了回老屋之路。

（一）远离现代化的火车站

修葺一新的火车站，到处散落着来不及打扫的灰尘。下车后，我稍微辨别了一下方向，推着老父亲的轮椅向着离停车场最近的出站口走去。

看到我们，一个戴着红袖箍的工作人员走上近前，问清了我们的意图，帮我们按下了电梯的按钮。

等电梯时，我开始询问电梯的方向及我们要去的停车场的位置。问明情况后，还是决定放弃乘坐电梯而改走楼梯，因为，那样距离停车场最近。

一级又一级、一段又一段的台阶，让我这个推着轮椅、搀扶着老人的出行者感到着实艰难。

这个刚刚落成的火车站，因为这段曲折不平的行程，透露出它和现代化车站之间还有很长一段距离。

（二）最柔软的地方

在老屋里，映入眼帘的尽是那些看到了就倍感亲切、但放下了就很难回忆起来的物件。

望着老屋的一切，我不禁感慨万千。

老屋，勾起了我对青春的回忆，交织着对逝去时光的感叹，还有那莫名其妙的惆怅，一时间，实在难以说清是何种情绪。

我在这里出生，度过童年和少年，从这里走向工厂，走向社会。

夜静更深，我依然难以入眠，伴着默默地抽泣。

（三）老屋里的碰撞

老屋即将永远地走进历史，对于老屋里物件的处理，我和父母产生了分歧。这样的分歧，不仅反映了两代人价值观、人生观的差异，也体现了一个家庭断裂、新生的过程。

这些碰撞，让我感到自己走到今天是多么不易。

是偶然？是必然？实在说不清楚。

老屋里，就是如此容易发生新旧的碰撞，观念的、情感的。老屋，是多么地需要更新交替！

（四）意外的顺利

此次回到老屋，老妈罗列了一大串必须要办的事情。但是在我看来，必须要做的事情只有两件：找到二老的结婚证和完成信息采集。

前些天，为了找到二老的结婚证，曾经大费周章地请人在老屋里搜寻多次，结果都是无功而返。几乎绝望的我，已经做好了重新补办的最坏打算。

一回到老屋，进门就先打开一扇小柜子的门，我觉得应该从这里开始，再试试运气。

翻开盖在上面的物品，隔板上的报纸下面露出一个发黄的信封。打开来一看，是一张折叠多层的、发黄的纸。再展开来，竟然是二老的结婚证原件！

好不惊喜！

看着"失而复得"的结婚证，二老和我一样，开心至极。要知道，二老为了这个结婚证，竟然失眠了多次。

接下来的事情，就像如此顺利地找到二老的结婚证一样，接二连三完成得格外遂意。

此次老屋之行，可谓是大功告成。

（五）忘却的同学

短暂回访老家，难免在外用餐。即将离开餐厅的时候，坐在餐厅一隅的一人，突然指着我叫出了我的名字。面对着这个人，我却实在想不起来他是谁。

见状，他自报家门，说是我的同学。他看上去已经十分沧桑，交谈之中，深感光阴荏苒，岁月无情。

岁月，究竟带给了我的那些发小和同学们怎样的人生？

他握着我的手提议："要不要我张罗一下？"

说实在的，我非常想和同学们畅叙一下，但是由于行程的关系，只能留下电话，相约下次了。

（六）撕拉扣式的路遇

走在街上，经常会遇到熟人。

一遇到熟人，就免不了停下来寒暄几句。这里的人一旦遇上，就像阴阳的撕拉扣遇到了一样，立即粘到一起，拉都拉不开。

不仅自己经常遇到这种情况，大街上也经常可以看到突然停下脚步聊起天的人们。

（七）家庭式聚会

为了表达感激之情，我设宴款待了多年来热情帮助过我的朋友。

朋友的夫妻都来出席。一场聚会，热闹而不失温情。

静静的小花

2012年4月25日

前天,我临时有事要从办公室回家一趟。由于当时时间尚早,就决定去探望一下小花它们。

自从将小花它们放生以后,一直惦记着,经常去看一下。怎奈池塘里的鱼儿数量倍增,再加上池水日益浑浊,每每都不得它们的踪迹,好不遗憾。

满怀着又一个期望,来到了池塘边。

突然发现了一只酷似小花的小鱼——金色的身子,白色、三叉的尾巴,肚子左右大小不对称,右边偏大。是我的小花!的的确确就是让我牵挂多日的小花啊!

细细看着它,发现它的习性和刚放生时差不多,喜欢静静地待在那里,不爱游动。见到我来,它并没有立即游开,而是轻轻地摆了摆尾巴。

小花看上去长大了许多,它的病怎么样了?

见到了小花,我惦记了多日的心终于放了下来。

加油,小花!

被玻璃幕墙分隔的世界

2012年5月3日

早餐，一走进餐厅，热情的服务员就迎上前来，一边引路，一边询问我需要红茶还是咖啡。

取了一点餐食后，在座位上坐了下来。这时才看到，一道玻璃幕墙，将优雅的餐厅和一个由建筑群形成的小天井分隔成了两个世界。

宾馆的餐厅布置得简洁大方，有雅致的陈设、柔和的灯光、殷勤的服务人员和那随着微风飘来的班得瑞轻音乐。

小天井是由多个商业设施围成的，或许是昨晚餐后还未来得及打扫，或许压根儿就没有打扫这个环节，天井里的地面满是油渍。

窗外，在天井的一隅，一个负责人模样的人正在跟几个年轻人交代着什么。

一会儿,一个骑着自行车上班的人匆匆驶过。

一个电灯杆的下面,有两个小女孩。一个小孩双手抱着电灯杆,身体一蹲一起,做着一个奇怪的、仿佛是在健身似的动作。另外一个小孩,则试图让这个女孩让开一下。女孩没有让,另一个便小嘴一撇,走了。

这个社会有太多的玻璃幕墙,把世界悄然分开。

而玻璃幕墙的两侧,有着不同的温度、不同的声音以及不同的规则。

生活在灵魂里的艺术（二则）

2012年5月11日

（一）生活在灵魂里的艺术

在北京的798里漫步，从一件又一件艺术品前面走过，感受着每位艺术家的匠心。

突然，艺术品上落着的厚厚的灰尘，让人的思考产生了跳跃。

如果艺术家在创作艺术品的时候没有给艺术品注入灵魂，那会做出什么样的艺术品？

如果艺术品落入一个没有灵魂的环境，它的命运又会如何？

（二）艺术只在有精神的世界里

在敦煌的莫高窟，从一个又一个雕（塑）像前面走过。

深深吸引我的，是那些雕（塑）像的表情、动作及传递着的神韵。

然而，那些雕（塑）像身上厚厚的尘埃，也刺痛了我的眼睛。

遥想当年，人们一定是怀着深深的崇敬，塑造他们心中的那种神圣。所以，虽然历经千百年，这些雕（塑）像依旧生动地传递着那些精神和生命的信息，一代又一代的后人才会不断被它们的精神和艺术魅力所打动。

我想着，当大门关闭，当我们离去时，这些艺术品会怎样呢？

如果失去了那些蕴含着的精神，这些雕（塑）像就会变得暗淡无光，也许会被风化、磨损，甚至会被人们遗忘。

现在，虽然它们没有被人们遗忘，虽然每天都要面对无数的游人，但是，它们身上那厚厚的尘埃，已让它们在看客眼里失去了精神。剩下的，只是猎奇的眼光和轻轻的叹息。

在没有精神的世界里，遍地都是平庸的物件，而在饱含精神的时空里，一块小石头也可能成为伟大的艺术品。

艺术品，那些传达着人类坚忍不拔走向前去的精神的艺术品，只有在精神的视域里，才能延续生命，才能焕发应有的光彩。

今天是个好日子

2012年5月29日

（一）X 老师送书

快下班的时候，X 老师来了，又给我带来一本书，一本关于理性行为和非理性行为的书。据说，这本书颇为畅销。真难为 X 老师的一片苦心。

平时也常收到礼物，但是，入口的东西居多。像这样入眼、入心的礼物很少。

这让我想起了上次在无锡出差时接到的那个电话。那一次，是 R 君从西安打给我的，他告诉我，给我买了一本书，并且托人帮我带到了北京。

深感温暖。

（二）W 君来看我

由于谈工作耽搁了时间，回到办公室时，已经超过了和 W 君约定的四点半。

此次是 W 君从日本回来看我。

我刚进办公室的门，W 君便从沙发上起身迎了上来。和上一次见面时他的侃侃而谈相比，此次他的话少了许多，也显得沉稳了许多。交谈中得知，他近来对历史、传记等很感兴趣。

他也给我带来了两本新书。

这，让我欣慰、愉快。

（三）L 君打来电话

就在写这几段话的时候，电话又响了起来，手机上显示的是一个外地号码。

是在外地工作的 L 君打来的，我们好久没有联系了。

L 君从德国毕业后回国工作，几经辗转，现供职于一家德国公司。

简短的交谈，让我知道了 L 君的现况。

他一切都好。

颇为欣慰。

这来去匆匆的京城雨

2012年6月3日

阴沉了一天的天色，越发暗了下来，远处开始传来隆隆的雷声，紧接着就是狂风大作，大雨倾盆。

然而，骇人的风雨持续了不到半个小时，就踏着雷声远去了。

北京的雨，差不多总是如此。尽管大地是那么缺水，但老天就是不肯让云雨在天空中多停留一会儿，让大地上的万物酣畅淋漓地尽情享受一番。

这样的北京雨，就像人的一生，来去匆匆。一些人从生下来就被当成了昆虫世界里的工蚁、工蜂，被激励着、驱使着，埋头苦干，不计得失。有谁告诉过他们：你要自己掌控自己的人生，要不时停下来静静地思考、体味人生。

这样的北京雨,也像今天变幻莫测的世界,裹挟着人们从一段起伏走向另一波浪潮。

大地多么需要润物细无声的甘霖,人们多么需要滋润从容的一生。

哦,这来去匆匆的京城雨……

打保龄球的联想

2012年6月17日

记得初学保龄球的时候，就遇到了怎样才能打好保龄球的问题。

观察、体验了一会儿发现，要打好保龄球，首先需要解决的是出球方向的问题，解决了方向的问题，才有速度（力度）等的问题。那么，怎样才能把握好出球的方向呢？

我首先想到了钟摆。钟摆的摆动形成了一道弧线，这道弧线进而在空间形成了一个平面，如果保龄球能够沿着这个"平面"的弧线切线方向抛出，它的轨迹就应该在这个平面内，因此就有了一个稳定的方向。如果摆动的手臂像钟摆那样，球不就有了方向了吗？

其次，握球的手指、手掌还需要被想象成和钟摆平面相垂直的平面，这样才能保证抛出的球在摆臂形成的平面之内。

最后，需要考虑整个身体。身体需要形成一个初速度，而且，轻轻地助跑后，身体必须保持平稳，形成一个稳定的方向和速度才能出球。否则，就算摆臂稳定，也无法保证出球的方向。

保龄球的规则是一个人接着一个人打，给了每一个人尽情发挥的空间。换句话说，保龄球的竞赛规则对每一个人都是公平的。

打保龄球时，人还是会受到心理等因素的或多或少的影响。同组对手的情况、相邻球道的情况、球道的平整度，等等，都会影响人的发挥。为此，在抛球时，需要沉静自己，牢记技术要领，稳健地抛出每一个球。

只要打保龄球，就会有"全中"（Strike）或者"补中"（Spare）的机会。初学者可以为一次全中而沾沾自喜，有经验者也不会为丢掉一次补中而失魂落魄。最好的球手和初学者的区别，恐怕就在于一局中出现"全中"或者"补中"的次数吧。

打保龄球和人生何其相似。

2012年父亲节、母亲节

2012年6月20日

（一）母亲节

上个月的13日是母亲节。

从距离母亲节还有很多天起，就一直在想着给老妈买点什么礼物。

最后还是决定给老妈买件衣服。

老人不爱逛商店，也总是说不需要什么礼物。于是，我们先到商场提前选好了衣服的样子，再开车把老人接过来，试试大小、看看感觉。

衣服试在身上时，老妈显得年轻了很多。不仅是衣服漂亮，更是老妈的笑容灿烂。回到家，老妈才知道衣服的价格，再见到我们的时候，一再说："那么贵的衣服……"

之后，老妈一定要穿着那件新衣服，站在家里的新车旁边照一张相。

（二）父亲节

本月的 17 日是父亲节。

父亲节的那一天，我在郊外开会，下午匆匆忙忙赶到家，立即开车出去购物，然后带着礼物去看爸妈。

今年送给老爸的礼物是一个电动理发推子和一大堆水果。

拿到推子后，老妈立即在老爸的头上做起了实验。开始几下不太成功，后来才渐渐熟悉了推子的性能。老爸的头发短了，清爽了很多。

看得出，老爸老妈对这个小东西很是喜欢。

不一会儿，西瓜上来了，看着吃西瓜的老爸老妈，不知为何却一阵心酸。

总有那么一天

2012年6月30日

人的一生,从呱呱坠地到寿终正寝,总要经历一个从平凡走向巅峰,再由巅峰回归平凡的过程。

在这个过程中,你从默默无闻,到吸引聚光灯的照射,到走向会议的中心,到成为主席台上的众目所归。然后,或快或慢,你就会从巅峰向下滑落。慢慢地,开会不再有人通知你,不再有人找你签字,你不再比他人更早知道"内部消息",路遇的人不再殷勤地和你打招呼,话语里不再有昔日的恭维。而那些昔日你没有太在意的人,可能会开始风光无限,开始叱咤风云。

人,在从平凡走向辉煌,从处处小心走向志得意满的过程中,很少会思考自己人生的下一个阶段将会是什么样。

人，很容易认为自己的人生应该是从一个高峰走向另一个高峰，只有很少的人会意识到，自己也可能会从一个高峰直接跌入低谷。而跌入低谷的一部分人，即使成了强弩之末，也很难、也不愿面对自己已走向平凡，走向比平凡更平凡。

所以，人经常会固执地认为一些利益和荣誉本应该属于自己。假如没有达到预期，就会产生失落感。而且，失落往往来得那么突然、那么巨大。

至于失落的原因，也很少有人能认识到，它或者是自然规律，或者是来自生活中的误会，更多的时候，则是来自于对自我价值的过高评价。

人，总是会不满足于自己的收益，而将自己的损失看得太重。

一个美国电影明星曾这样记录过一段她的亲身经历和感悟：

有一次，她遇到一个小女孩，她对这个小女孩报出了自己的姓名——某某某。她本以为这个小孩会立即向她索要签名或是合影留念，可是，这个小女孩纯真的回答让她着实有些伤心："某某某是谁？"

于是，她终于明白了，她终究还是一个普通人。用俗话说就是：不要把自己太当回事。

不管你曾经被捧得多高，总有那么一天，人们会不再像从前一样地恭维你。如果你想明白了，就会知道那些吹捧和恭维，于你而言本就是额外得到的，当没有它们时，那才是你本来的、应有的世界。

2012年初夏的西安记忆

2012年7月4日

我们太需要好学生了,需要到了教授要倾巢出动来宣传自己的地步。出于这个原因,我踏上了再访西安之路。

(一)陌生的机场

飞机停靠在了西安机场的T3航站楼。下了飞机之后,沿着长长的廊道走啊走,拐了好几个弯才走到出口。

一出大门,我傻了眼:不知道朋友和他的车停在何处?

"肯定不能在一个一辆车都没有的地方等人。"我想。

于是,我穿过了一个新建的、应该是交通枢纽的地方。但是,依旧没有找到他。

几经折腾之后，才最终和朋友会合。

新的建筑刚刚投入使用，大家都还没有熟悉情况，到处都稍有混乱。

（二）羊肉泡馍

朋友接上我之后，便要带我去广济街吃羊肉泡馍。

晚上九点多，广济街上灯火辉煌、车水马龙。进到一家羊肉泡馍馆的时候，店家已经做好了打烊的准备，板凳都被摆到了空闲的桌子上，这是准备扫地的标志。

我们三人落座后，一边掰馍，一边聊着家常。

此时，朋友发现掌勺的老师傅没在。得知老师傅就在楼上，朋友就让店小二请老师傅下楼。

"师傅说在煮肉，离不开。"不一会儿，店小二回来告诉我们。

"你再去给咱请一下，诚恳邀请嘛。"朋友依旧不肯轻易放弃。

过了一会儿，店小二下楼对我们说："师傅一会儿就下来。"

听到店小二的话，我心中一阵欢喜。

"人家老师傅弄的味道就是好。"朋友道。

朋友的这句话，让我立即感觉到了西安人热爱美食、尊崇老师傅的那种文化。而对老师傅的推崇，其中或许也包含着对经验、历史以及诚信的尊重。

只有在这种地方、这种时刻,和着饭店空气中弥散着的味道,你才能深切地感受到这种语言的韵味。

(三)遛狗的教授

第二天早上,一走进大学校门,就看到一位昔日的同事、今天的在职教授,牵着一条狗在路上行走。

遛狗?

要说养狗纯属个人喜好,无可厚非。

只是在我现在的大学里,在职教授遛狗的场面,还真没有遇到过。

呵呵,许是我自己孤陋寡闻、大惊小怪了。

(四)树下的习习凉风

要办的事情很快就办妥了,从同事的办公室出来,距离约定午餐的时间还早。不想过早地去打扰同学,也想给自己留下一点空白,就在校园里四下走走。

三十年前的这个时候,我们结束了大学时代,踌躇满志地走上工作岗位。当年的教室、宿舍和食堂,已经披上新装,藏在浓浓的树荫下面。

在一处绿荫下坐了下来,享受着阵阵袭来的凉风。

成群的灰喜鹊,叽叽喳喳地在校园里飞来飞去;

三五成群拖着行李的学生，渐行渐远在道路的尽头慢慢消失了他们的背影。

三十多年前，我们是那群飞来觅食的喜鹊，三十年后，坐在这里的我看着又一波的年轻人，心里有说不出的味道。

（五）沸腾的工地

下午，和朋友一道驱车来到了他的工地。

"这是办公楼，这是食堂，这是车间，这是……"

朋友志得意满地向我介绍着他的工厂，也诉说着其背后的艰辛。

明白，都明白。

（六）久违的朋友

"大家听说你来了，都想见见你。"朋友说。

这里的大家，是指青年时代的一群朋友、玩友。

自从离开西安之后，极少有机会"重操旧业"。难得一趟如此轻松的差旅，很想和大家切磋一下"技艺"。

晚餐后，大家齐聚在大雁塔附近的一家茶社。

依旧是当年的那些绰号，差不多还是当年的那些笑骂，连当年被嘲讽的对象，今天依旧被快乐地嘲讽着。

时光仿佛又倒流到了从前……

下午七点，被烈日炙烤了一天的街道蒸腾着热浪。汽车载着我们缓缓驶离宾馆，奔向机场。"这里是……，这里是……"朋友热情地向我们介绍着沿途的设施、景观。不一会儿，汽车驶上了高速公路，身边的景物开始迅速向后退去，周边的光线也逐渐黯淡下来。夕阳，快速地躲进了金灿灿的云霞后面，大地渐渐归于宁静。

不爽的时尚

2012年7月7日

（一）手机

一不小心，赶了一回时尚。

2007年，我得到了一部iPhone手机。用了一阵儿，才知道自己一不小心走入了时尚的行列。

一位在英国留学的学生回来看我，见我掏出那部手机，很是惊奇了一下。大概在她的印象里，她面前的这位老师，应该不属于时尚者行列。

随着iPhone3、iPhone4的相继问世，我的那部iPhone显得老态龙钟了，再加上它被我摔、被我磨，更是青春不再。

我突然了发现一个问题，尽管身边的iPhone呈现爆炸式的增长，还没有见到第二个人拿着和我同一版本的 iPhone，我的手机成了古董了。于是，尽管它还可以正常使用，我决定让它退出现役。

同时，我还决定就此退出时尚者的行列。想到对于手机，我肯定不比年轻人更懂，于是，确定下几个原则之后，我就让我年轻的助手帮忙搜集替代手机的信息。原则是：

不要 iPhone 系列；

不要某国的手机，该国的几个品牌在我国的市场占有率颇高；

不要大家都在用的热销手机。

我希望通过这几条原则，让自己退出流行的行列。

过了几天，小助手告诉我：在上述原则下，只有某 A 品牌和某 B 品牌了，同时和我讲了一大串操作系统、捆绑、升级等名词。总而言之，有点农民耕地看皇历的感觉——不宜马上购买。

于是，换手机的事情被暂时搁置起来。

年初造访美国时，身边的同行者热议起在美国买 iPhone 的事情。终于抵挡不住诱惑，花了 600 多美金再加上老同学一下午的时间，买了一部当时在国内还不多的 iPhone4S。

我的那部最早的 iPhone 正式退役，静静地躺在了一个小盒子里。

时至今日,我每到一处,见到几乎每个人掏出的手机都是iPhone,呵呵,心中甚是不爽。

(二)汽车

该换一辆汽车了,有很多理由。

于是,就参加了摇号。就在第五个月,竟然摇中了,幸运!

从摇中车号起,便开始了艰难的选车工作。最终,选中了一款颇为抢手的汽车。几经周折,最终买到了想要的车子。

可是,今天上路一看,满大街的车好像都和我的一模一样。

没想到这把年纪,竟然一而再,再而三地落入了时尚的潮流当中。

呵呵,不爽。

2012 年仲夏的杭州

2012 年 7 月 9 日

（一）沉睡轻舞总相宜

此次来杭的行程非常紧张，会议一结束，就需要前往机场。

但是，既然住在西湖的边上，怎能不看看西湖，哪怕只是一眼。于是决定趁着大家都在午休，去静静地看看西湖。

一走出房间，立即感觉到了蒸腾的热浪。杭州，似乎正在蒸笼般的煎熬当中。顾不得这些，拿着相机，沿着宾馆的湖岸，一路欣赏起了西湖的美景。

不知不觉，慢慢地踱到了小路的尽头。那里有一棵遮天蔽日的大树，树下有一个椅子。看着开会的时间尚早，就在椅子上坐了下来。

枝繁叶茂的大树遮蔽了中午的阳光，微风从湖上迎面吹来，轻抚我的脸庞。吹走了正午的暑气，带来了一缕温柔。

微风在湖水上吹起千层波澜，波澜在岸边形成了小浪，轻轻地拍打着堤岸，飞溅起的星星点点的水珠，乘着微风落在我的身上。

依稀觉得这是西湖的欢迎，是西湖对一个远方来客的问候。

远处的青山升腾着轻雾，仿佛被罩上了一层薄薄的轻纱，错落的房屋分布在浓密的植物的深处，在薄雾中越显朦胧。

酷暑中，青山好像变得恹恹无力了，整个西湖仿佛正在午睡。

一叶叶的小船点缀在湖面上，使湖面显得格外宁静。偶尔，也有观光的游船和摩托艇匆匆驶过。船上那些游客模样的人，端着相机，把镜头对准船外。他们是不是也和我一样，在欣赏西湖的美景，在享受这人生中不可多得的时光？

水岸的外侧，还有一条供游人通行的栈桥。据当地的同事说，那是为了给游人保留一条完整的通道，特意在宾馆的水岸外边修筑的。目前，整个西湖岸边，已经形成了一条完整的通道了。

这让我想起了国内的一些也有水岸的景区。在那里，水岸被切割成了无数私人领地，想要和水亲近一点，就必须付费。相比之下，杭州，美丽的不仅是西湖。

那一道道栈桥拉近了人们和西湖的距离，让人们不用再隔岸望湖，而是能真真切切地踏在湖上。三三两两的行人在栈桥上或停或行，或者摆出各种各样的姿势拍照留念。那些金色头发、衣着亮丽的小姑娘更是成了栈桥上的花朵，点缀着栈桥、点缀着西湖。

看到这一切，让我想起了苏子那首脍炙人口的佳句。沉睡中的西子，是另一番美丽。

（二）狗熊也所见略同

午宴在一间镶着落地玻璃、可以眺望西湖的房间进行。窗外烈日炎炎，屋内凉风习习。美景、佳肴，无不彰显出主人的待客心意。

和一位老友相邻而坐。很多话不便当着他人讲，于是，我们两个逐渐放低了声音。声音低了，距离也就近了。

呵呵，狗熊也所见略同。

（三）匆匆告别西湖

下午五点半，主办方送我们去机场的汽车已经等在宾馆门口了。

感谢。握别。

汽车载着我们离开了还没有来得及仔细端详的西子,离开了还没有辨清楚方向的杭州。

跨过钱塘江大桥,穿过萧山崭新的城市,一路向萧山机场奔去。

再见了,西湖。

2012年同学聚会

2012年7月15日

2012年,对我们这些人来说是个重要的年份。三十年前的那个七月,我们走出了大学的校门。

在改革开放初期那个百废待兴的年代,我们这样一群大学生走上了人生真正的舞台。

每一个人都有属于自己的浪漫激情的青春岁月。

到了这把年纪,如果说生活中还有值得珍惜和敬重的东西,可能就包括对美好青春、对那段时光同行之人的眷恋吧。

三十年,在天地的漫漫长河之中,犹如弹指一挥间。然而,人生能有几个三十年?

为了纪念我们一人一次的青春年华,为了追忆那些无限美好的黄金时代,很早,大家就对毕业三十周年的聚会达成了一致，无须动员。

和每一次一样，老大哥是此次聚会的热情倡导者和积极推动者，他早就开始张罗此事，并把此次聚会的地点选在了成都。余强在母校学院做院长，因此，理所当然地成了此次聚会的主持者。

余强和耀忠提出了一个细致的方案。后来，这个方案被刘益否决，而刘益麾下的单位，再次成了我们聚会的主要支持方。

2012年7月中旬的这个周末，我们大家从四面八方奔向聚会所在地——成都。

（一）飞赴

7月13日，结束了在大连的工作后，我乘飞机直飞成都。

飞机一落地，汽车载着我和李伟从机场直奔位于青城山脚下的酒店，抵达酒店时，已经是凌晨0:40左右了。

汽车在我入住的7号别墅前停了下来。叫开房门，老大哥、建宏、耀忠和王悦正在别墅的客厅里打麻将。向老大哥询问了一下同学们抵达的情况：张三、李四都已经抵达。而刘益，据说"犹如皇帝出游一般"，被当地人接走，不见了踪影。和老大哥聊了几句之后，我进入了自己的房间。

尽管我也住过很多五星级酒店，尽管已经是深夜时分，但是，从我们车子进入这个酒店的那一刻起，酒店的整个氛围和豪华程度就给我留下了深刻的印象。

蜿蜒的道路两侧，装饰了太极八卦图案的街灯，给酒店平添了几分幽谧的感觉。和那些金碧辉煌、灯火通明的五星级酒店风格不同，这里大量使用了深色、厚重的木材装修，气度不凡的别墅大厅、装修豪华的卧室都能让人感觉到朴素、幽深之中按捺不住的那种奢华。

洗完衣服，已经是凌晨一点半左右。

想着自己昔日的同学们近在咫尺，心中有一份无以言表的安宁和温馨。

静静躺下，迎接新的黎明。

（二）游览都江堰

同学聚会的第一项活动，是参观都江堰。

汽车一鼓作气把我们载到了都江堰的后门，我们从那里顺山而下，最后从都江堰的正门结束游览。

此前，我曾经两次到访此地。第一次还是中学时代，而第二次，应该是在 1998 年，我从日本回国的前夕。

第一次经过此地的时候，岷江的两岸还都是茂密的原始森林，岷江上漂浮着从上游砍伐的松木，顺流而下。前往松潘县，路过此地的路是那么颠簸、那么漫长。

第二次是和四川大学（当时还叫联合大学）水利系的赵老师、山梨大学的北村教授一行一起。当时，身为水利学专家的赵老师对于飞沙堰、宝瓶口等的介绍，给我留下了深刻的印象。屈指一算，已经过去14年了。除了飞沙堰、宝瓶口等地名依旧留在我的记忆当中，供奉着李冰父子的二王庙前那高高的台阶，也被深深地记在了我心底。

今日的都江堰，除了那鱼嘴、飞沙堰、宝瓶口的建筑还依稀保留着当年的样子，就连岷江的水，仿佛都改变了模样。

许多人在赞叹那两千多年前伟大的水利工程之余，甚至怀疑如此巧夺天工的精确计算是不是一种巧合。

"深淘滩，低作堰"，看似一个简单的口诀，其实是多少智慧的结晶。只是，不知道这里的"深""低"在现代工程学上分别意味着什么？

或许，它们也和中国无数的科学成就一样，成为千古之谜——站在都江堰上，我思索着。

（三）余秋雨的题词

记得曾经读过一个故事，余秋雨先生访问都江堰的时候，奉命题词，欣然命笔提下"拜水都江堰，问道青城山"几个字。

在前往都江堰的路上，我向同行的同学提到这个故事。让我感到惊讶的是，当地的司机插嘴道："哦，那是两句广告词。"而后，在游览都江堰的过程中，对都江堰如数家珍的导游，在提到这两句话的时候，也是用"广告用语"轻轻带过。这两句话在都江堰随处可见，但其后却没有跟着"余秋雨"三个字。

看来，这两句在当地算得上是家喻户晓的话，并非人人都知晓它的出处。

这真是个太容易遗忘一个人、甚至是一个名人的时代。

（四）回望青城山

和都江堰一样，青城山也变了很多。

一走进山门，一股阴湿的凉气便扑面而来。回望一下青城山的"山门"，果然，那里赫然挂着一个匾额，上书"青城天下幽"几个大字。

一道大门，轻轻地分开了"幽"和"闹"的两个世界。

记得上次造访青城山的时候，山道上经常会遇到抬滑竿的。有些挑夫，则是背着沉重的建筑石块，那些捆绑石块的绳索，深深地勒在挑夫古铜色的肌肉上。每个挑夫小腿上的肌肉，都高高地隆起着。

今天，昔日艰险的山路已被修建好的石阶、缆车所代替，山道上的那些挑夫不见了，抬滑竿的工作人员则身着统一服装，和行人讨价还价。昔日的宁静，被成群结队、行色匆匆喧嚣赶路的游客所打破。

沿着山路，来到上清宫。一路上，导游机械地讲解着关于一个个景点的故事。其中情节的设置，显然是为了满足游客的猎奇心。具有悠久历史的青城山，难道就这样被简化成了几颗雌雄同体的银杏树、几座说得出出处的茅草棚吗？

这又使我想起了"拜水都江堰，问道青城山"。是人们无意识地忘记，还是有意识地舍弃了呢？无论有意无意，我看到、听到的都只剩下青城山的躯壳，青城山的灵魂哪里去了？

望着眼前的幽幽大山，搜索着当年青城山上曲折的道路和窘迫的建筑，不禁在心里发问：人们对名山大川的种种改造和雕琢，是在呈现自己的精神追求，还是在为了利益而破坏人与自然之间原本的和谐和宁静呢？

（五）映秀，映秀

去映秀看看，是大家共同的心愿。

如果不是 2008 年 5 月 12 日那场大地震，映秀镇恐怕也不会一夜之间闯入人们的视野。也正是因为她是那场大地震的中心，她成了无数人希望能看一看的地方。

　　汽车穿过一个长长的隧道，对面山上一块裸露岩石上镌刻的"映秀镇"三个大字便映入眼帘。映秀，就在大山的脚下，而我们，各居一侧。

　　进入映秀镇的观光车辆都被引入了一个很大的停车场。停车场靠近山体的地方，有一个巨大的石头。据说，这块重达三百多吨的巨石，就是在"5·12"大地震中从山上滑落掉在这个地方的。有人曾经试图用两台起重机给它挪个地方，但是根本撼不动它。于是，它摇身一变，便成了今天的模样。

　　经过四年多的建设，映秀镇已经完全成为一个现代化的小镇。藏族、羌族风格的建筑物拔地而起。优美的街道、完善的旅游服务设施及来自世界各地源源不断的游客给小镇经济的持续发展注入了活力。

　　映秀漩口中学地震遗址，是映秀唯一官方保留的地震遗址。望着那惨不忍睹的建筑，听着那些可歌可泣的故事，让人不禁泪水潸然。

　　导游小杨就是一个地震幸存者。那时，她正在和一岁多的孩子一起午睡。地震来时，她抱着孩子躲在二楼的楼梯夹缝中得以幸存。在她和孩子被困三个多小时后，她们被解放军救出。

　　在我的提议下，午餐地点被改在映秀镇，也算是我们为灾区贡献一点点力量。接待我们的小伙子没有右手，没有问，我猜他也是地震的幸存者，正在通过自己的劳动积极地生活着。

　　映秀是不幸的，但映秀的幸存者又是幸运的。

豪雨一直在下

2012年7月23日

2012年7月21日,星期六。

从这一天中午起,北京市下起了有气象记录以来(61年间)最大的一场雨。城区平均降雨量达到212mm,北京城瘫痪了。

正是这场豪雨,让我有了一次非凡的经历。

(一)受命

7月20日,周五的晚上。

经历连续几天的高温,北京城仿佛被闷在一个巨大的蒸锅里。从早到晚,到处都蒸腾着雾气。尽管已经入夜,高温依然不退,让人难以入睡。

突然,我的手机响了起来,是YR打过来的:"你好,这么晚打扰你。你能不能帮助救个急？"YR 在电话里说。

原来，她原定要去兰州开个会，由于天气原因，她被困在了外地无法赶到。于是她想起了我。

周六晚上去，周日晚上回来。

上一次去兰州，差不多是十年前了。

我原打算周末带老爸老妈出去转转的。由于连续出差，已经好久没有带他们出门了。接听了 YR 的电话，我稍想一下还是答应了下来，她确实需要我帮她这个忙。

不一会儿，我的手机收到一条陌生号码发来的短信，内容是我未来两天从北京往返兰州的机票信息。

"他们动作真快！"我感叹。

看了看时间，立即上网办理了值机手续，选择了一个靠近过道的座位——37C。

很快，兰州方面会议的负责人打来电话告诉我：已经帮我预定好了机票，只是直飞的航班机票已经售罄，来回都必须经停西安。

这个时候我还完全没有意识到，非凡一天的大幕，将就此徐徐拉开。

（二）匆忙的出发

7 月 21 日，是个星期六。

上个星期都是在外地度过的，一直没有时间陪爸妈。

原本计划利用这个周末带老爸老妈去郊外看看，但由于航班是下午 15:15 起飞，只好修改早上的行程，把目的地定在了近一点的大兴半壁店森林公园。这样一来，早上的行程就轻松了许多。

用了不到一个小时时间就抵达了目的地。老人们在湖边大柳树下的座椅处安稳地坐下，我们则开始环湖漫步。

湖里生长着一片荷花，从水中伸出了很多的莲蓬，很是诱人。

湖边的小桥上有几个垂钓者，其中一个钓到了一条近一斤重的鲤鱼，一时间在寂静的垂钓者中掀起了一阵波澜。

湖里有一个看上去像是雅舍的小岛，还有一大群鸭子，正在远离人群的一片小岛上休息。树上的知了，有气无力地鸣叫着。

整个湖区一片安宁。

中午时分，天空开始掉起了雨点。是那场预报已久的暴雨的前奏吗？我赶紧带上老爸老妈，打道回府。

回来的路上，在亦庄的一家餐厅用了午餐，然后设置好汽车的导航系统，一路回家。

临近出发的时刻总是那么紧张。接近 1:30 的时候，天空的雨逐渐加大。担心不好打车，也担心路上堵车，喝了一杯咖啡后,便匆匆踏上了赶往机场的路。

果然,大雨中,出租车越发稀少,去往机场的路也越发漫长起来。

抵达机场时,已经到了预计的登机时刻。

(三)漫长的等待

在自助机器上无法打印登机牌,只好到柜台办理。

赶到柜台,才知道我们要乘坐的航班还在西安没有出发,具体时间不定。

松了一口气的同时,下一个问题立即冒了出来:如果延误,赶不上西安飞兰州的飞机怎么办?

既然答应了人家,就应该尽量在当日晚上赶到兰州。此外,兰州的会议是明天(周日)早上,如果我当晚不能抵达兰州,此后的抵达就毫无意义。

于是,赶紧前往售票处一查。西安飞兰州最晚的航班是在晚上 10:15 起飞,而且只有一张头等舱的机票了。为了能在当天抵达兰州,立即让工作人员为我修改了西安飞兰州的行程,并将这边的情况通知了兰州同事。同时约定:如果北京这边的航班不能在晚上 7:30 起飞,我就放弃此次出行。

当这一切都办理妥当后,剩下的事情就是耐心地等待了。为了打发那漫长的、不确定的时间,我在楼上一家咖啡厅的一隅找了个座位，要了一杯卡布奇诺，掏出随身带着的书慢慢地品读起来。

候机楼里，人山人海。川流不息的人流和找座位的声音，不时撞进我的眼里、耳里。

（四）微光中的等待

下午 4:15 左右，我请咖啡厅的服务人员帮我查一下航班信息。查询后得知：我所乘坐的航班预计 5:44 抵达北京。

"好消息！"我暗想。

按照往常的情况，飞机打扫卫生需要半个多小时，如果顺利的话，那架飞机 7:00 前应该可以起飞。

我离开咖啡厅前往值机柜台。果然，我乘坐的那架飞机已经在办理登机手续。

过了安检，在登机口找了个座位坐下。

但是，到机场餐厅用过晚餐后再回到原先的登机口一看，航班的登机口已经改为 42 号。沿着工作人员指引的方向下到一楼，眼前的景象宛若地狱。

登机口前挤满了焦虑的人，候机大厅的椅子上座无虚席，大厅里也到处都是站着的人。隔一段时间，机场广播里就会不时响起一个声音："各位旅客，我们抱歉地通知您，由于天气的原因……"

而窗外，豪雨正在酣畅淋漓地下，它仿佛也是机场的广播：不能起飞，不能起飞。

随着时间的推移，办理登记手续时出现的微光逐渐暗淡下去。

（五）漫漫回家路

"乘坐 MU2114 航班的旅客，请办理宾馆休息手续。"

就在时钟接近 7:30 的时候，还是听到了这个消息。我立即拨通了兰州方面的电话，告诉他们我已经不能赶上西安 10:15 起飞的飞机了，我不得不放弃此次出行。

离开候机楼，我开始走上回家的路。

按照惯例，我直接前往排队等候出租车的地方。那里的队伍倒不是很长，但是就是没有出租车。按这样的速度，不知道何时才能打上出租车。

于是，我回到候机楼，直接前往机场快轨站。

买好车票，在车上等了一会儿后，突然被告知：由于天气的原因，机场快轨停运，请全体旅客下车。

听到这个消息，全车的人都沸腾了，各种抱怨一起涌来。在费了不少口舌之后，我退掉了刚刚购买的快轨车票。

现在，唯一可以依靠的交通工具就是机场大巴了。

重新回到一楼，在机场大巴售票处购买了一张车票后，我在去西单方向的大巴车等待队伍后面停了下来。

就在此时，更神奇的事情发生了。

（六）神奇的回家路

我静静地排在等车队伍的队尾。一位女士走近，对我身边的一个小伙子说："你要去西直门方向吗？我来接人，飞机降到呼和浩特了，我只好空着车回去。看到这么多人回不去，我的车空着也是空着。我捎你回去？"那个小伙子立即响应，而且问："多少钱？"

"我不是黑车，不要钱。"女士回答道。

听到这些，我也不失时机地问："我也能搭你的车吗？"尽管我和他们不是相同方向，但此时，我想只要我能离开机场回到城里，就有回家的办法。后来的结果证明，事情远不像我想得那么简单。

"那就走吧。"我们三人就此走向停车场。

"谢天谢地。"当我坐进汽车的时候，心里想。

我替汽车缴纳了停车费后，汽车载着我们驶向市区。

车窗外，豪雨一直在下。

汽车最终把我放在了三元桥。此时，我才发现京城的道路上满是积水，交通拥堵不堪。寻找地铁口的时候，被告知地铁也停运了。

重新回到公交车站。平时很少乘坐公共汽车的我，此时才感觉到束手无策。询问了身边的一位乘客后，乘上了一辆可以最大限度接近家的公共汽车。后来发现，如果这辆公共汽车能顺利抵达目的地，即使从那里步行，也比我后来不得已步行的距离要短得多。可是……

汽车快行驶到大北窑的时候，就开始一寸一寸地爬行了。每一个信号周期，公共汽车前行的距离几乎可以用寸来度量。过了大北窑，公共汽车就说什么也动不了了。不仅我们的车无法动弹，周边的车也都停在了那里。

"一定是前面的桥下积水，有车陷到那里了。"有人猜测道。

大家纷纷下车。

外面的雨还在紧一阵、慢一阵地下。

为了少带行李，出门的时候没有带伞。外面下着如此大的雨，离家还甚远，犹豫再三后，还是决定下车。

既然决定了下车，就做好了淋雨和蹚水的准备。雨、水都不再是我前行的障碍。

下了车，我才弄清楚我的真正方位，开始考虑回家的路该怎么走。

我注意到身边停下了一辆小轿车，从这辆车里下来了一个人。我赶紧走上前，对开车的女司机说希望搭她的车离开这里。

女司机犹豫了一下,说:"上来吧。"

阿弥陀佛!

路上才得知,女司机本来可以掉头回家。听到了我的请求,就绕了一点路送我。听到这些,我感激不已。

车行至我要去的道路,感觉实在不能再麻烦人家了。道谢之后,下车再次踏入雨中。

(七)雨中疾行

道路上拥挤不堪。

尽管眼前就是公交车站,但是,前方是一处低洼桥下,肯定走不通。我决定先步行穿过桥后,再想找车回家的办法。

果然,桥下积满了水。一辆小汽车趴在水中,人们慢慢地蹚水前行。此时,我的皮鞋已经完全泡在水中。

走在雨中。

雨一直在下。

雨水顺着头发迷住了我的眼睛。

沙粒在鞋里上下游荡。

走过了一个又一个街区,经过了一个又一个车站。

感觉自己仿佛正走在风雨交加的红军长征路上,道路漫漫,疲惫不堪,没有尽头。

近了,更近了。

终于到家了。

此时，已经是接近午夜 0:00。

而后，从新闻上才知道自己经历了怎样的一场大雨，才知道北京城正在经历怎样的劫难。

（八）余韵

到家后得知，如果不及时办理相关手续，将影响到兰州那边的同事退票。立即拨打航空公司的电话，但是一直无人接听。清晨，又一次拨打了航空公司的电话，很快就接通了。这时，我才得知我昨天的航班已经取消，退票不成问题。

从对方沙哑和疲惫的声音中可以听出，接线员整夜未眠。

早上，西安的朋友打来电话，第一句就问："淹了没有？"

他不知道我昨天的经历，只知道电视上一直在直播昨天京城的大雨。

（九）留下的思考

昨天的经历，无论如何都不能说是对于不幸事件的最佳处理结果。

那么，我什么地方做错了？

从一开始就不该去机场?

不该和他人合乘汽车回到城里?

不该从公交车上下来?

不该步行回家?

生活中,总是留有很多随机应变的空间。

也许,一切都是面对突发事件时的焦虑所致。

焦虑就像是一个场,这个场可以感染别人;焦虑也可以成为一个波,这个波可以掀起大浪。人很容易陷入这个场,很容易卷进那个波。

坐在这个场的边缘,静静地看着这个场的表情,想着自己。

人的一生当中,难免会遇到各种特殊情况,被置于特殊情况的时候,应该如何应对?

人生中,我们都需要学会沉着冷静地面对所有不顺。

入住大连金石滩琐记

2012 年 7 月 11 日

（一）还有四十分钟

等所有的参会人员聚齐以后，中巴车开始向目的地进发。

汽车在颠簸的路上行驶了一个多小时后，驶入了一个灯火辉煌的小镇。

"从这里开始，还有四十多分钟。"不知道是谁向大家宣布。

抵达宾馆时，已经接近凌晨。这，就是入住一个距离海边步行时间只需五分钟的酒店的代价。

（二）小小的餐盘

早餐的餐盘就是果盘，用来盛饭菜实在太小。会议组织者对餐厅的负责人提出了异议。

"用大的餐盘实在太浪费了。"一个负责人模样的人无可奈何地说道。

中国人的习惯啊！

（三）你们用过的房间真干净

回到房间的时候，服务员正在打扫房间。服务员一边打扫房间一边说道：

"没见过你们这么高素质的人，你们用过的房间真干净。"

听此一言，我就在想，一个国家、一个民族到底应该依靠哪些人？

依靠一个听话的流氓，还是依靠一个可能不那么听话的贵族？

依靠贵族，社会将会走上进步的道路；而依靠流氓，无论这个流氓表现得多么忠诚，他都不是一个可靠的人，更别说他们还可能对社会构成另外的危害了。

（四）夜晚的海滩

夜晚的海滩上，只有我自己。搬了一个凳子，独自坐着。海浪，从远处的大海传来，后浪推着前浪奔向海岸。冰凉的海水，不时淹没我的脚踝。暗夜中，推动前浪的浪花，似乎藏在大海的深处，让人感觉神秘莫测。漫长的海岸线，浪花呈波浪形，就像大自然为海岸镶上的绝美花边。